KB188610

침묵하지 않는 기억

서문

기억이 더 또렷해지기를 바라며

2014년 4월 16일.

304명의 생명이 차가운 바닷물에 잠겨 가는 과정을 생중계로 지켜보았다. 전 국민이, 동시에, 그걸 보았다. 우리 모두 가만히 있었다. 발을 구르거나 소리만 지를 뿐, 아무것도 할 수 없어서 각자의 몸뚱이를 스스로 두들기며 보고 있었다. 몸을 쥐어짜는 사람도 있었다. 우리는 아무것도 아니었다. 텔레비전 앞에서 서성이며, 두 눈으로 생생하게 지켜보며, 우리도 가라앉고 있었다. 차가운 그 바다 속으로 우리 모두 침몰했다. 304명 중 250명이 고등학교 2학년 여린 생명들이었다. 모든 생명이 귀하지만 열여덟 살이라는 나이는 우리를 더 아프게 했다. 이제 막 자아를 형성하고 세계를 향하여 솟구칠 준비를 하는 학창 시절 마지막 여행길에서 삶의 마지막 순간을 맞다니.

8년!

기억하자고 했지만 흐려지고 있는 기억을 붙잡으며 여러 사람이 붓을 들었다. 〈세종손글씨연구소〉 회원들과 〈더불어숲〉 회원들 몇몇. 모두 신영복 붓글씨를 배우고 있다. 일상에서 노랑 리본을 만지막거리는 것 말고는 4·16을 위해 아무것도 할 수 없는 처지의 사람들이다. 스스로 작가라고 불리는 것이 부끄럽고 글씨가 서툴기도 하다. 서울·인천·부산·세종·대전·청주·수원·군산·논산·양평·공주 등, 아르헨티나에 파견교사로 나가 있는 분도, 어린 시절 미국서 살다 한국에 와 대학을 다니는 학생도 참여했다. 글씨보다 마음을 보태기 위해 함께했다. 그 중 일부는 2019년 4·16 5주기에 참여했던 사람들이다.

그때보다 규모가 커지고 〈4·16기억저장소〉가 중심에서 이번 일을 이끌었다. 4·16 참사 유족과 관련자들의 구술증언록인 『그날을 말하다』(한울엠플러스) 100권을 작가 55명이 읽고 100점의 작품을 모아 냈다. 『그날을 말하다』는 4·16기억저장소 구술증언팀(책임 이현정, 서울대 인류학과 교수)이 2015년 6월부터 4년간에 걸쳐 진행한 세월호 참사 피해자들에 대한 구술증언 사업의 결과물이다. 피해자 가족 88권, 잠수사 4권, 동거차도 어민 2권, 유가족 공동체 단체 6권 등 100권으로 구성된 이 책에는 그동안 왜곡되고 알려지지 않았던 참사 발생 직후 팽목항과 진도, 바다에서의 초기 상황에 관한 중요한 증언이 포함되어 있다. 손글씨 작가들은 이번 전시를 위해 『그날을 말하다』를 읽고 그에 대한 공유의 시간을 가졌고, 안산 〈4·16기억저장소〉와 단원고를 답사했다.

여기에 더해 신영복을 좋아하는 사람들의 모임인 〈더불어숲〉과 〈4·16연대〉가 후원에 참여함으로써 전시가 더욱 중층적 의미를 갖게 되었다. 세월호 참사 후 박재동 화백의 그림과 함께 신영복은 '잊지 않겠습니다'라는 글씨를 썼는데 제자들이 그 뜻을 배워 잇고 있는 것이다.

전시에 맞추어 출간되는 이 책은 자료로서도 대중적 공간에 늘 노출될 수 있도록 하기 위해 기획되었다. 〈걷는사람〉은 우리와 함께 2019년에 신경림·나희덕·함민복 등 38명 시인들의 시를 36명의 작가들이 써서 전시하고 『언제까지고 우리는 너희를 멀리 보낼 수 없다』를 펴낸 바 있다.

한편, 작품 제작의 관건이었던 패널을 직접 제작하여 후원해 주신 〈잼에스디〉를 기록해 두지 않을 수 없다. 용인에서 세종까지 먼길을 오가며 패널 마무리 작업을 해 주셨다.

안산을 시작으로 대전·세종·옥천·부산·서울 등에서 전시를 확정했고 세월호 출발지이자 일반 희생자 추모관

이 있는 인천, 인양된 세월호 선체가 있는 도시 목포, 그리고 세월호 항해의 마지막 목적지였던 제주에서 전시가 이뤄지길 바란다. 광주 등 다른 지역도 논의 중이다. 이 책이 나올 즈음에는 더 많은 지역이 추가되길.

회원들이 스스로 작품 완성까지의 비용을 기부하고 많은 시간 몰두하여 빚어낸 전시이다. 글씨를 쓰는 시간, 그 시간만큼은 작가들이 유족의 마음에 아주 가깝게 다가가는 시간이었을 것이다. 아픔과 통곡과 의문과 그리고 앞으로 긴 동행의 내일을 위한 다짐의 시간이었으리라 믿으며….

모두에게 깊은 감사의 뜻을 전한다.

2022년 봄, 세종에서

김성장 두 손 모아

『그날을 쓰다』에 부쳐

시간이 흐르고 흘러도 항상 그날

-remember 20140416

올해도 변함없이 봄이 오고 노오란 개나리가 피었습니다. 그 옆에는 산수유가 활짝 피어 노란색으로 세상을 물들입니다.

모든 만물이 생동하는 봄… 다시 봄.

곧 가슴 시리도록 고운 벚꽃이 활짝 만개하면 열여덟 살 꿈 많았던 사랑하는 아들딸들을 그리워하는 엄마 아빠의 눈물이 벚꽃잎에 실려, 바람을 타고 세상에 흩날리겠지요. 흩날리는 벚꽃잎을 보며 4월의 그날을 기억할 것입니다.

4·16 구술증언록 『그날을 말하다』는 세월호 참사 피해자들에 대한 구술증언록입니다. 진실규명을 향한 외침과 이야기들을 기록으로 남겼으며 그 기록을 토대로 4·16 세월호 참사를 기억하기 위한 또 하나의 움직임으로, 시간이 흘러도 항상 그날인 우리 모두를 위하여 '기억 연대의 힘'으로 역사에 한 획을 긋고자 합니다. 〈더불어 숲〉 〈세종손글씨연구소〉 〈도서출판 걷는사람〉이 따뜻한 손을 맞잡고 뜨거운 마음을 모아 『그날을 쓰다』를 출간하는 오늘, 우리는 또 한 번 큰 걸음으로 힘차게 내딛어 보려 합니다.

항상 마음 내어 주시고, 힘들고 지쳐 쓰러져 있을 때 묵묵히 곁에서 버팀목이 되어 따뜻한 손을 내밀어 주시는 분들께 감사드립니다.

혼자일 때에는 막막하고 두려웠으나, 우리 모두가 같이 걷는 그 길에는 항상 밝은 빛이 존재하고 있습니다. 그날의 아픔과 분노, 슬픔을 기억하고 함께 행동함으로써 '사랑하는 아들딸들이 밝은 빛으로 되살아나 세상 사람들과 함께 살아가는 세상'이 꼭 이루어질 거라고 믿습니다.

하나의 작은 움직임이 큰 기적을 만듭니다. 그 말을 오늘도 가슴 깊이 되새기며 기억하고 기록하며 행동하겠습니다.

내 눈물이 세상의 밝은 빛이 될 것을, 믿습니다.

4·16기억저장소 소장

단원고 2학년 3반 3번 김도언 엄마 이지성 올림

그날을 쓰다

서문

416 그날을 말하다

사람들이 저희한테 그냥 일상으로 돌아가라는 말을 참 많이 해요 근데 저희 일상은 일상이 뭐냐 하면 우리 수현이가 옆에 있어서 수현이랑 같이 밥 먹고 티격태격하고 같이 공원에 놀러도 가고 같이 가족끼리 복작복작 그 사는 게 일상이거든요 저희한테 일상은 그건데 자꾸 일상으로 돌아가라는 말을 하지 않으면 좋겠어요 수현이 없는 삶을 살아가는데 이게 저희한테 일상일 수가 없거든요 저희는 살아가는 게 아니라 그냥 버텨가는 거예요

수현엄마, 이영옥 님 구술 중에서 民들레 강민숙 붓

수현 엄마 이영옥

사람들이 저희한테 그냥 일상으로 돌아가라는 말을 참 많이 해요. 근데 저희 일상은, 일상이 뭐냐 하면 우리 수현이가 옆에 있어서 수현이랑 같이 밥 먹고, 티격태격하고, 같이 공원에 놀러도 가고, 같이 가족끼리 복작복작, 그 사는 게 일상이거든요. 저희한테 일상은 그건데 자꾸 일상으로 돌아가라는 말을 우리한테 하지 않았으면 좋겠어요. 그리고 저희가 지금도 수현이 없는 삶을 살아가는데, 이게 저희한테 일상일 수가 없거든요. 저희는 살아가는 게 아니라 그냥 버텨가는 거예요.

『그날을 말하다 : 수현 엄마 이영옥』, p.245

아빠 생각이 옳았다면 왜 아빠 생각대로 하지 않고 세상의 흐름에 내맡겼는지 내 생명 내 가족은 왜 생각 내 행동에 의해서 좌우됨을 왜 이제 깨달아야 됐는가.

자기 생각을 죽이지 말라

개인적인 생각을 죽이지 말라.

4/16 그날을 말하다

아라 아빠 김응대 님 구술 중에서

강영미 붓

아라 아빠 김응대

'자기 생각을 죽이지 말라. 개인적인 생각을 죽이지 말라'

아빠 생각이 옳았다면 왜 아빠 생각대로 하지 않고 세상의 흐름에 내맡겼는지. 내 생명, 내 가족은 왜 생각. 내 행동에 의해서 좌우됨을 왜 이제 깨달아야 됐는가?

『그날을 말하다 : 아라 아빠 김응대』, p.153

철저한 진상규명

우린 필요하다 그러면서 삭발
을 하죠 그때 참 몸으로 뭔가를 하
긴 했지만 대응을 참 잘 했어
그래도 가족들이 안 그랬으면
그냥 코 베가고 귀 베가고 입 베
가고 다 베가고 그랬을 텐데

4.16 그날을 말하다.

애진 아빠 장동원 구술 중에서
강명미 붓

애진 아빠 장동원

철저한 진상규명 우린 필요하다. 그러면서 삭발을 하죠. 그때 참 몸으로 뭔가를 하기는 했지만 대응을 참 잘했어. 그래도 가족들이. 안 그랬으면 그냥 코 베가고 귀 베가고 입 베가고 다 베가고 그랬을 텐데.

『그날을 말하다 : 애진 아빠 장동원』, p.271

저기
그냥
사회가
변화를
했으면
좋겠다

416 그날을 말하다
연화 아빠 이종해 님 구술 중에서
강윤도 붓

연화 아빠 이종해

더 하고 싶은 이야기는 없고, 저기 그냥 사회가 변화를 했으면 좋겠다는 생각이 들어요, 아직 저희 세대나 저희 위 세대들은 못 먹고 살았잖아요. 저도 어려서 쌀뜨물 가지고 동생들도 우유가 없어서 쌀뜨물로 해갖고 뭘 해서 젖 멕이고 그랬으니까. 그런 세대니까 일단 먹을 게, 먹고사는 게 최우선이었다 보니까 지금 이 사회적으로 나만 생각하게 되잖아요, 그런 게 요즘 세대들은 먹고사는 건, 그러니까 20대 애들 지금 취업난 때문에 어려운 줄은 아는데 그래도 먹고 사는 거는 걱정 안 하잖아요. 잘 커, 잘 먹고 살아왔으니까. 그러니까 사고적으로나 저희들보다는 진보적이잖아요. 그러다 보니까 사람들이 뭔가 제대로 바꿔서 이런 변화를 주었으면 하는 게 개인적인 바람이에요.

『그날을 말하다 : 연화 아빠 이종해』, p.111

참 행복한
아이였구나
그 아이로
인해서
부모도 행복
했었구나

416 그날을 말하다
찬호 엄마 남궁미녀 님 구술 중에서
강윤도 붓

찬호 엄마 남궁미녀

칫솔이며 하물며 3단 우산까지도 거기에다가 넣었는데. "엄마, 뭐가 하나 빠졌는데, 뭐가 빠졌지?" 기억이 안 난다는 거예요. 현관문을 탁 열더니만은 딱 뽀뽀를 딱 하는 거예요, 엄마한테 "이게 빠졌잖아" 이러면서(웃음). 그러고 갔어요.

우리 찬호가 마지막까지 입고 있던 중학교 체육 반바지만, 그 반바지만 있는데 제가 향기 날아갈까 봐. 그 땀 냄새잖아요, 땀 냄새인데 그것을 안 빨았더라구요, 이불하고 베갯잇하고 그거는 빨았는데 그거를 안 빨아가지고. 제가 일회용봉투에다가 꽉꽉(넣어서) 그 향기 날아갈까 봐 꽉 묶어가지고. 저번에 기억저장소('아이들의 방' 촬영)했을 때인가 그때 열어봤어요.

"참 저기 찬호라는 학생은 이런 학생이었구나" 어디까지 들을 수 있을지 모르겠지만, 듣고 나면 사람들이 "아, 얘는 참 행복한 아이였구나. 그 아이로 인해서 부모도 행복했었구나. 근데 참 안 됐다" 안 됐잖아요, 속도 상하고 저는 그랬어요. 속이 좀 많이 상했죠. (면담자 : 추억을 많이 안겨줬군요) 많이 안겨줬어요, 이 녀석이.

『그날을 말하다 : 찬호 엄마 남궁미녀』, p.40, p.77

죽기만을
기다렸던것같아요
예를들어 누가 한명이라도
배안에있는애라도 살아왔다그러면
걔가증언하기를뭐 생존자가
증언하기를 애들이뭐 수십명
살아있었어요 이소리라도해버리면
그냥수장시켜버리는거
아니에요 아예
아무도못살아오게다
죽기만을
기다렸던것같아요

416 그날을 말하다
세영아빠 한재창님 구술중에서
곽미영 붓

세영 아빠 한재창

실제도 민간잠수사들도 많이 내려왔어요, 자기가 할 수 있는 게 그거니까. 그런데 아무도 접근을 못 하게 했고 못 하게 했다니까요.

면담자 : 정부에서 왜 그렇게 대응했다고 생각하세요?

세영 아빠 : 왜 구조를 안 했나? 죽기만을 기다렸던 것 같아요. 예를 들어 누가 한 명이라도 배 안에 있는 애라도 살아 왔다, 그러면 걔가 증언하기를, 뭐 생존자가 증언하기를 "애들이 뭐 몇십 명 살아 있었어요." 이 소리라도 해 버리면…. 그냥 수장시켜 버리는 거 아니예요. 아예 아무도 못 살아오게, 다 죽기만을 기다렸던 것 같아요. 다 죽은 다음부터 인제 한 3,4일 지나서, 그때부터 본격적으로 작업 들어 갔으니까….

면담자 : 본격적으로 작업을 시작한 게 3,4일 지나서?

세영 아빠 : 네 아무것도 안 했어요, 그 전엔. 3,4일이면 다 죽잖아요. 솔직히 그 후부터 시신들이 막, 세영이가 19일 나왔는데, 뭐 20일 같은 경우에는 시신이 한 100구 가까이 나왔으니까. 그전에는 뭐 물이 흐리네 어쩌네 개소리들 하고 들어가지도 않다가, 20일 하루 만에 거의 한 진짜 100구 가까이 나왔을 거예요, 시신이.

『그날을 말하다 : 세영 아빠 한재창』, p.60

진실된 것을
기록을
하게되면
역사는
흔들리지는
않잖아요

416 그날을 말하다
기억저장소 이지성 소장
구술중에서 김광오 書

기억저장소 이지성 소장

우리 전문가 선생님들이 딱 중심을 잡고 형제자매들과 같이 이끌어가면서 세월호 참사를 기록을 계속하고, 사실은 이건 진행형이잖아요. 계속 움직이는 일이고 같이 공감하는 일이기 때문에, 같이 움직여 주시고 계속 '기록으로 좀 남겨줬으면 좋겠다' 생각을 해요. 기록이 잘 되면, 진실된 것을 기록을 하게 되면 역사는 흔들리지는 않잖아요. 사실 그런 부분들이 사실은 바라는 거예요.

『그날을 말하다 : 도언 엄마 이지성』, p.267

빨리 수습하자
그게 우리가 할
우리가 지금
해줄 수 있는
마지막 도리인것
같다 잠수사들이
모두 이제 그런
마음이에요

4/16 그날을 말하다
잠수사 전광근 님의 구술에서
김광오 붓

잠수사 전광근

빨리 해서 304명, 빨리 수습하자. 그게 우리가 할, 우리가 지금 해줄 수 있는 마지막 도리인 것 같다. 잠수사들이 모두 이제 그런 마음이에요. 빨리… 다 마무리, 다 건져줘야 우리도 가정으로 돌아갈 수 있는 상황이 됐던 거고, 편안하게, 우리도 마음 편히 앞으로 살 수 있겠다는 생각이 들었던 거고…. 지금에 와서 "1구 처음에 대면했을 때 어떤 생각이 드냐?" 아무 생각이 없어요. 진짜, 그냥 맨정신에 들어간 것도 아닌 거 같아요.

『그날을 말하다 : 잠수사 4』, p.103

우리동혁이한테 일주일
전에 사준 운동화가
있어요 내가 "이거 신고
가" 했더니 "여행 갔다
와서 신을게요 아껴 신으
려고요 너무 이쁘잖아요"
그렇게 했던 애였거든
그 신발을 이제 올려놨어요
거기에 빈소 위에다가

4·16 그날을 말하다 동혁엄마 김성실 님
구술 중에서 · 청운 김미정 쓰다

동혁 엄마 김성실

그래 가서 보니까 우리 동혁이한테 일주일 전에 사 준 운동화가 있어요. 그니까 항상 저는 운동화를 사 주면 △△이하고 똑같이 사 줘요. 근데 항상 △△이 게 닳아가지고 같이 사는 거지, 동혁이는 많이 닳지는 않아요. 굉장히 좀 조심스러운 애가 돼가지고. 근데 신발을 사 줬더니 그전 신발이 멀쩡하다고 이거는 갔다 와서 신는다 했어. 신어만 보고는 그냥 간 거야. 내가 "이거 신고 가" 했더니 또 그걸 안 신고 갔어요. 그래서 (15일) 11시 반에 통화할 때 내가 "왜 신발 안 신고 갔냐?" 그러니까 "여행 갔다 와서 신을게요. 아껴 신으려고요, 너무 이쁘잖아요" 이래. 그렇게 했던 애였거든. 그 신발을 이제 올려놨어요, 거기에 빈소 위에다가.

『그날을 말하다 : 동혁 엄마 김성실』, p.79

그행진대열이
끝이안보일정도로
그렇게많았었거든요
저희는처음에유가족들
가면시민들이옆에서
응원해주고피켓들고
그렇게만생각했었
는데그분들이같이
걸어가시는거예요
그한강건너갈때는
오르막길에서뒤돌아
보니까끝이안보이더
라고요그때진짜
놀랐습니다아
이아픔이
우리만의문제가
아니구나
같이아파해주고
다른말필요없이그저손
잡아주는게그렇게고맙더
라고요그시민분들이같이
해주셨기때문에지금
까지버티고있습니다

4·16구술을말하다 수정아빠 김종근님 구술중에서 · 정윤 김미정 붓

수정 아빠 김종근

그 행진 대열이 끝이 안 보일 정도로 그렇게 많았었거든요. 저희는 처음에 유가족들 가면 시민들이 옆에서 그냥 응원 해 주고 피켓 들고, 그렇게만 생각했었는데 그분들이 같이 걸어가시는 거예요. 광명에서… 안산에서부터 같이 걸어가시는 분들도 계시고, 광명 지나서 마포대교 쪽인가, 그 한강 건너갈 때는 오르막길에서 뒤돌아보니까 끝이 안 보이더라고요. 그때 진짜 놀랐습니다. '아… 이 아픔이 우리만의 문제가 아니구나' 하는 걸 느껴가지고. 아, 저분들은… 솔직한 얘기로 직접적인 피해자는 아니잖아요? 그런데도 같이 아파해 주시고, 다른 말 필요 없이 그저 손만 잡아 주는 게 그렇게 고맙더라고요, 그때는. 지금도 물론 고맙고, 그 시민분들이 같이 해 주셨기 때문에 지금까지 버티고 있는 거 같기도 합니다.

『그날을 말하다 : 수정 아빠 김종근』, p.90

큰 완전히 큰 너무 큰 선물이
었어요 소영이는 개 있으면서
부터 즐거웠거든요 개랑 뭐
어렸을 때도 이뻐가지고 어디
잘 데리고 다니고 막 그랬는데
그 나는 소영이 하고 자라면서
개랑 같이 했던 그 순간이 제
일 즐거웠던 것 같아요 같이

416 그날을 말하다
소영엄마 김미정님 구술 中
아릿한 가슴으로 김미화 붓

소영 엄마 김미정

큰… 완전히 큰, 너무 큰 선물이었어요, 소영이는. 걔 있으면서부터 즐거웠거든요. 걔랑 뭐 어렸을 때도 이뻐 가지고 어디 잘 데리고 다니고 막 그랬는데. 그… 나는 소영이하고 자라면서 걔랑 같이했던 그 순간이 제일 즐거웠던 것 같아요, 같이.

『그날을 말하다 : 소영 엄마 김미정』, p.49

어쨌든 짧은 생인데 그동안
엄마하고만 같이 살았던 거고

아빠로서 해줬던 거는 없었던
것 같은 느낌 그리고 이제 좀

여유가 생겨서 놀러 가려고 했
던 것이 마지막이었다는 게

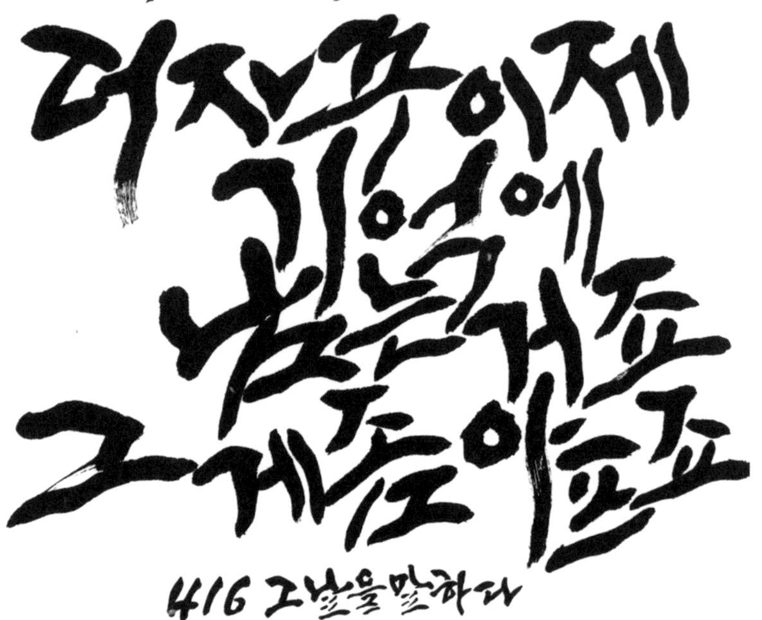

416 그날을 말하다
우재 아빠 고영환 님 구술 중 먹먹한
마음으로 김미희 붓

우재 아빠 고영환

어쨌든 짧은 생인데 그동안 엄마하고만 같이 살았던 거고 아빠로서 해줬던 거는 없었던 것 같은 느낌, 그리고 이제 좀 여유가 생겨서 놀러 가려고 했던 것이 마지막이었다는 게 더 자꾸 이제 기억에 남는 거죠. 그게 좀 아프죠.

『그날을 말하다 : 우재 아빠 고영환』, p.70

끝까지

제대로 진상규명하고 책임자 처벌하고 재발방지한다는 데 지켜볼 것이다

416 그날을 말하다
하용아빠 빈운종 구술 중에서

김신 붓

〈그림출처 : 단원고 416기억교실에서〉

하용 아빠 빈운종

그때 제 기억으로는 SBS였을 거예요. "방송에 제대로 내보내 주겠다"해서 제가 언론 인터뷰까지 했었어요. 올라와서 대통령, 국회의원, 정부 관계자 모두 제대로 진상규명하고 책임자 처벌하고 재발 방지 위해서 저거 하겠다. 그때 당시에는 계속 그 얘기가 나왔었거든요. 그래서 제가 그 얘기 전체적으로 대통령한테 하고, "제대로 진상규명하고 책임자 처벌하고, 재발 방지 한다는데 지켜볼 것이다 끝까지", 하나도 안 자르고 내보낸다고 했거든요. 근데 앞에 정부 관계자까지 다 잘라 버리고 진상규명하고 책임자 처벌하고, 방송은 그렇게 나가더라고요. 그래서 '아, 우리나라 방송이 정부에서 통제가 많이 되는구나. 진도에서도 느꼈지만 다 내보낸대 놓고 이것 밖에 안 되는구나' 그래서 더 오히려 간담회 같은 것도 많이 다니게 되고 그랬던 거 같아요. 왜냐면 제대로 알릴 수 있는 방법이 직접적으로 만나서 하는 수밖에 없으니까. 언론이 역할을 못 하니까.

『그날을 말하다 : 하용 아빠 빈운종』, p.91-92

어른들 얘기가 있죠
아픈 손가락이 있다
고 그 아픈 손가락
제일 아픈
손가락
그게
우리 아들이죠

나도 당시 고등학교 2학년이었고 우리가
세월호 그 배를 탈 예정이었다 그날의 아픈
기억을 떠올리며 준혁 엄마 전미향 님의
말씀을 쓴다

416 그날을 말하다 김선우 붓

준혁 엄마 전미향

어른들 얘기가 있죠, "아픈 손가락이 있다"고. 그 아픈 손가락. 제일 아픈 손가락, 그게 우리 아들이죠.

『그날을 말하다 : 준혁 엄마 전미향』, p.177

등대랑 같은 존재예요 둘 다 사회에
나가서 밝은 빛이 되라고 집사람
나는 많이 저기를 했으니까
원래는 쌍둥이 등대로 생각을 했는
데 작은 애가 돼버리니까 큰애가 외로
이 혼자 등대가 되다 보니 큰놈한테
신경을 좀 많이 써야겠고 작은 애는
작은 애 나름대로 그녀석 위해서 또

4·16 그날을 말하다 건우 아빠
김정윤 구술에서

김성장 쓰다

건우 아빠 김정윤

두 녀석을 위해서 저기를 했으니까. 그 녀석들이 원하는 거는 집사람도 그렇고 나도 그렇고 거의 해주려고 노력을 많이 했고, 그만큼 많이 해줬고…. 그니까 둘 다 되게 등대랑 같은 존재예요. 둘 다 사회에 나가서 밝은 빛이 되라고 집사람(과) 나는 많이 저기를 했으니까. 원래는 쌍둥이 등대로 생각을 했는데, 작은 애가 그렇게 돼버리니까 큰애가 외로이 혼자 등대가 되다 보니 큰놈한테 신경을 좀 많이 써야겠고, 작은애는 작은애 나름대로 그 녀석 위해서 또 내가 해줄 수 있는 거 만들어놔야죠. 그게 인제 마지막 꿈, 목표라고 보시면 돼요.

『그날을 말하다 : 건우 아빠 김정윤』, p.161

면담자 혹시 세월호가 침몰하기 이전에도 혹시 이런식으로 크게 피해를 입은 일이 있었나요 태풍이라든가 다른 기름 유출이 있었다든가

차남돌 그런 것은 없었지 세월호 사고나 갖고는 이렇게 피해를 봤지 태풍이나 뭣이 와서는 이런 피해는 본적이 없었지

면담자 그래서 약 처방을 어떻게 받으셨는지 그 치료과정을 좀 말씀해 주십시오

차남표 그 약이 지금도 남아 있어요 처음에 잠을 못 자니까 안정제 같은 것을 처음에는 마음에 심리적인 약을 좀 이렇게 하루에 세 차례씩 먹었거든요 하다 보니까 잠을 못 자는 거예요 눈만 감으면 그냥 그 아이의 그냥 그것이 보이고

면담자 어머님 지금 세월호 배 인양하잖아요 그걸 보면 무슨 생각이 드세요

최순심 카 말할 것이 없제 그때 울다가 말다가 했소 그 부모들이 얼마나 속이 아프고 참말로 짠하겄나고 이녁도 남편 잃어버릴 적에 참말로 이리 가서 울고 저리 가서 울고 하니께 젊어서 하니께 그 자속들 보낸 부모들 비명이 참말로 속이 그랬것소 아프고 쓰리고 참말로 누구 보고 엉엉 울어 본께는 속이 편할랑가

416 그날을 말하다 동거차도 주민 구술中 김희장 씀

동거차도 주민

면담자 : 혹시 세월호가 침몰하기 이전에도 혹시 이런 식으로 크게 피해를 입은 일이 있었나요. 태풍이라든가 다른 기름 유출이 있었다든가.

차남돌 : 그런 것은 없었지. 세월호 사고 나갖고는 이렇게 피해를 봤지. 태풍이나 뭣이 와서는 이런 피해는 본 적이 없었지.

(…)

면담자 : 그래서 약 처방을 어떻게 받으셨는지 그 치료 과정을 좀 말씀해 주십시오.

차남표 : 그 약이 지금도 남아 있어요. 처음에 잠을 못 자니까 안정제 같은 것을, 처음에는 마음에 심리적인 약을 좀 이렇게 하루에 세 차례씩 먹었거든요. 하다 보니까 잠을 못 자는 거예요. 눈만 감으면 그냥 그 아이의 그냥 그것이 보이고.

(…)

면담자 : 어머님 지금 세월호 배 인양하잖아요? (최순심 : 예) 그걸 보면 무슨 생각이 드세요?

최순심 : 카, 말할 것이 없제. 그때 울다가 말다가 했소. 우리들도 손주도 많고 자슥들도 있어서 그란데, 그 부모들이 얼마나 속이 아프고 참말로 짠하겠냐고, 이녁(나)도 남편 잃어버릴 적에 참말로 이리 감시로 울고, 저리 감시로 울고 하디끼 젊어서 하디끼(했듯이), 그 자식들 보낸 부모들 비명이 참말로 속이 그 뭣 하겠소. 아프고 쓰리고 참말로, 누구보고 엉엉 울어본께는 속이 편할랑가. 이녁도 그랍디다, 신체 못 찾은 우리 신랑 낭(나무)대 묻어 놓고도 참말로 거기를 몇 번 댕겨서 울음을 우다가, 뒤로는 나 잠바람 내가 신체 없는 데를 새벽이면 댕겼다가, 넘 모르게 댕겼다가 '내가 참말로 뭣 하러 거기를 갔거나' 그라고는 뒤로는 다시는 안 갔어라. 안 댕겼어.

『그날을 말하다 : 동거차도 주민 3』, p.65-66, p.102-103

도연아 엄마가 너를 위해서
10년 후에 전원주택을 지어줄
게 너만을 위한 거야 오빠도
아니고 너만을 위한 거야 여
기는 너만 와서 살 수 있고 그
리고 너가 결혼해서 너 자
식들이 살 수 있는 집을 엄마
가 만들어 줄게 앞에 개울이
흐르고 뒤에 산이 있고

그랬더니 도연이가 하는 말이

그 냇가에서 엄마랑 발 담그고
물장구도 치고 고기도 잡고 우리
좋아하는 채소 길러서 엄마
아빠랑 고기도 구워 먹고 하자

그러더라고요

416 그날을 말하다
도연 엄마 이지성 님 구술 중에서

김성장 붓

도언 엄마 이지성

도언이 중학교 때부터 "도언아, 엄마가 너를 위해서 10년 후에 전원주택을 지어줄게. 너만을 위한 거야. 오빠도 아니고 너만을 위한 거야. 여기는 너만 와서 살 수 있고 그리고 니가 결혼해서 너 자식들이 살 수 있는 집을 엄마가 만들어줄게. 앞에 개울이 흐르고, 뒤에 산이 있고" 그랬더니, 도언이가 하는 말이 "그 냇가에서 엄마랑 발 담그고 물장구도 치고 고기도 잡고, 우리 좋아하는 채소 길러서 엄마, 아빠랑 고기도 구워 먹고 하자" 그러더라고요. "그래. 도언아, 엄마가 거기에 니 좋아하는 과일나무 다 심어주고, 니 좋아하는 꽃나무 심어주고 그렇게 해줄게. 엄마, 꼭 해줄게" 이랬거든요. 수학여행 가기 전날도 그 애기했고 수시로 그 애기했어요. 내가 "도언아, 엄마 해줄게"(하면), "응. 엄마, 너무 좋아. 너무 좋아" 이랬거든요. 그걸 도언이가 동영상 남긴 것도 있어요, 친구들이랑.

『그날을 말하다 : 도언 엄마 이지성』, p.267

수진이는 굉장히 있는 듯 없는 듯 순하게 착하게 잘 컸어요 학교 초등학교 들어가서도 중학교 다니면서도 크게 말썽부린 적 없고 언니들이나 엄마 아빠 말을 잘 들었었거든요 약간 성격이 내성적이긴 하지만은 그래도 언니들이랑 하는 얘기 잘 들어주고 심부름 잘하고 엄마 아빠가 하는 얘기는 한 번도 싫다는 일 없이 있는 듯 없는 듯 그렇게 잘 컸어요 수진이가 그래서 특별하게 사고 친다든가 이런 게 없어서 키우면서 어떤 큰 기억은 없는 것 같아요

수진 아빠 김종기

위로 언니들이 둘 있으니까 얘는 좀 치이잖아요. 물론 큰언니랑은 6년 차이 나고 둘째 언니하고는 4년 차이 나지만 그래도 둘째 언니가 좀 어리니까 많이 치였거든요. 그러면서도 수진이는 굉장히 있는 듯 없는 듯 순하게 착하게 잘 컸어요. 학교, 초등학교 들어가서도, 중학교 다니면서도 크게 말썽 부린 적 없고, 언니들이나 엄마, 아빠 말을 잘 들었었거든요. 약간 성격이 내성적이긴 하지만은 그래도 언니들이랑 하는 얘기 잘 들어 주고 심부름 잘하고 엄마, 아빠가 하는 얘기는 한 번도 싫다는 일 없이, 있는 듯 없는 듯 그렇게 잘 컸어요, 수진이가. 그래서 특별하게 사고 친다든가 이런 게 없어서 키우면서 어떤 큰 기억은 없는 것 같아요. 참사 일어나기 전까지는 그렇게 평범한 생활을 했었고.

『그날을 말하다 : 수진 아빠 김종기』, p.24

제가 테이블에 앉아서
리본 꺼내놓고 서명지 내
놓고 할때 쯧쯧 하면서 세상
에 가장 불쌍한 놈으로 나를
보는거야… 내가 깡통 놓고
동전 구걸하는 딱 그렇게 취급
하는거예요

416TV

저는 거기서 계속 훈련
받죠 그래 거지면
어떠리 내가 오늘 니
들한테 세월호가 여
기까지 와있다는 이
자체만으로도 나는 충
분히 그러면서 계속
하늘하고… 416 그날을 말하다

문지성의 아빠 문종택 구술중에서
가서 장복

4 · 16 TV

어떻게 하고 지나가느냐. "쯔쯔쯔쯔" 제가 테이블에 앉아서 리본 꺼내놓고 서명지 내놓고 할 때 "쯔쯔"(하면서) 세상에 가장 불쌍한 놈으로 나를 보는 거야. 쉽게 말하면 옛날 우리 어렸을 때 거지들이, 우리가 흔히 거지라고 표현을 했었는데, 어려운 상황에서 그분들 깡통 놓고 동냥받는다고 그랬죠. 구걸의 형태인데, 저를 딱 더도 말고 덜도 말고 그 취급을 하는 거예요. 내가 깡통 놓고 동전 구걸하는 딱 그렇게 취급하는 거예요, 더 이상도 아니고 더 이하도 아닌. 저는 거기서 계속 훈련받죠. '그래, 거지면 어떠리. 내가 오늘 니들한테, 세월호가 여기까지 와 있다는 이 자체만으로도 나는 충분히' 그러면서 계속 하늘하고…. 말이 좋아서 내가 이렇게 얘기하지, (한숨 쉬며) 따지고 보면 나하고 나이 몇 살도 안 차이 나는 사람들도 있고 내 밑에 사람도 있고…. 그렇게 보면 온갖 수모죠.

『그날을 말하다 : 유가족 활동 단체 3』, p.144

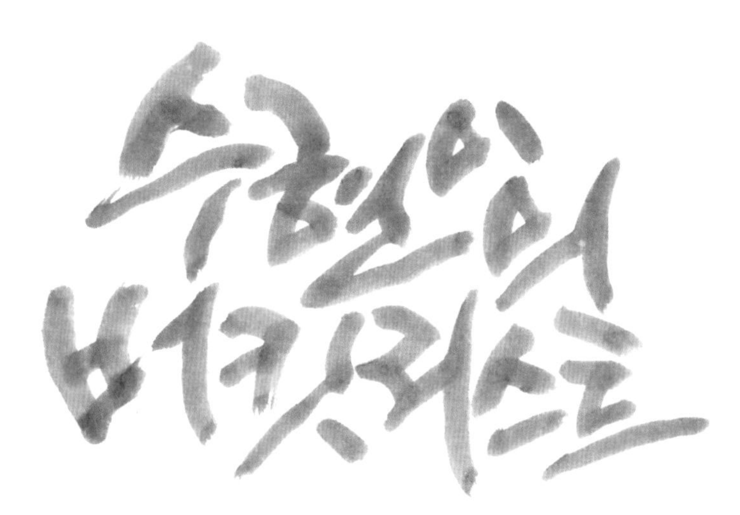

버킷리스트라는 건 우리 그래 본인이
살아 있을 때 자기가 죽기 전에
하는 것이 버킷리스트인데
다른 사람들이 인정할지
안 할지는 모르겠지만은
국가 권력에 의해서 본의 아니게
그걸 할 기회를 박탈당했으니까

'애비인 내가 그걸 해준다면
그걸 하는 동안은 살아 있는 거'
라고 생각을 하고

차마 떠나보내지 못하는 그 마음이지요

416 그날을 말하다
수현 아빠 박종대 님 구술기록 중에서
담은 김수경 붓으로

수현 아빠 박종대

버킷리스트라는 건 원래 본인이 살아 있을 때, 자기가 죽기 전에… 하는 것이 버킷리스트인데… 다른 사람들이 인정할지 안 할지는 모르겠지만은. 국가 권력에 의해서 본의 아니게 그걸 할 기회를 박탈당했으니까…. '애비인 내가 그걸 해준다면, 그걸 하는 동안은 살아 있는 거'라고 생각을 하고… 차마 떠나보내지 못하는 그 마음이지요.

『그날을 말하다 : 수현 아빠 박종대』, p.120-121

그전에는 오로지 한달
한달 벌기 위해서
삶을 살았다면

지·금·은·그·런·삶·이·아·니·고

생명의 존중 소중함을 알고
또는 그 약자들에게 조금이라도
힘이 되고자 하는 삶
이런 노래를 통해서 조금이라도
아픈 사람들 위로가
될 수 있는 그런 삶

416 그날을 말하다
창현 아빠 이남석 님 구술기록에서
담은 김수경

창현 아빠 이남석

그전에는 오로지 한 달 한 달 벌기 위해서 삶을 살았다면 지금은 그런 삶이 아니고 생명의 존중, 소중함을 알고 또는 그 약자들에 조금이라도 힘이 되고자 하는 삶, 이런 노래를 통해서 조금이라도 아픈 사람들 위로가 될 수 있는 그런 삶.

『그날을 말하다 : 창현 아빠 이남석』, p.157

가장 많이 의지가 됐던 거는
비슷한 상황을 겪었던 사람들이
주변에 있다는 것 잃어버지면
안되는 것들 그 소중함
위안이 되는 대상이기도 해요
내가 보살펴줘야 되는 대상이기도 해요

4/16 그날을 말하다
성호 아빠 최경덕 님 구술 중에서
시온 김승주 씀

성호 아빠 최경덕

가장 많이 의지가 됐던 거는 비슷한 상황을 겪었던 사람들이 주변에 있다는 것, 그리고 집사람이 아직 내 옆에 있다는 그거죠. 지금 나를 가장 많이 흔들 수 있는 거는 아마 집사람이 아닐까요? 잃어버리면 안 되는 것들, 그 소중함. 위안이 되는 대상이기도 해요, 내가 보살펴줘야 되는 대상이기도 하지만. 그런 집사람이 있고, 아들 친구들의 부모님, 그리고 같은 일을 겪은 사람들. 그 사람들이 가장 위안이 되죠. 무슨 이야기든지 다 할 수 있어요, 그 사람들한테는. 그리고 그게 같은 내용이라는 거. 내가 결국 내 고통을 이야기해도 그게 이 사람의 고통이고, 나랑 이야기하는 사람의 고통과 같다는 것. 비슷한 증세를 다 앓아 오고 있다. 동병상련이죠.

『그날을 말하다 : 성호 아빠 최경덕』, p.174

진상규명은 찬호의 명예입니다. 찬호를 지켜주려고 했던 아빠, 가족협의회 위원장으로 국민들이 바라봤던 4·16 세월호 참사 피해가족으로서 지켜봤던 입장이라면 찬호에게는 명예회복입니다. 어디에서건 발언하고 항상 같이 얘기했던 개인으로 부모로 어른으로서 떳떳하게 국민들에게 했던 약속. 나중에 죽어서 찬호를 만났을 때 부끄럽지 않은 부모. 참사 이후 도덕적 윤리적 인간의 존엄성을 가장 소중히 생각하고 살아갔던 삶으로서 기억되는 그게 내가 바라다 봤을 때 진상규명 아닌가 싶어요.

아이들을 구하라!

4·16 그날을 말하다.
찬호아빠 전명선님 구술중에서
보라붓

찬호 아빠 전명선

진상규명이요? 진상규명에… 진상규명이란 무엇이냐? 찬호의 명예, 간단하게 얘기하면. 찬호에게는 명예이고, 그다음에 찬호를 지켜주려고 했던 아빠, 그다음에 가족협의회 위원장으로서 때로는 찬호 아빠로서, 때로는 국민들이 바라봤던 4·16 세월호 참사 피해 가족으로서 지켜봤던 입장이라고 하면, 찬호에게는 명예 회복이고, 부모로서 나 개인에게는, 어른으로서 지금까지 국민들에게 약속했던, 어디에서 발언하고 항상 같이 얘기했던 떳떳함.

『그날을 말하다 : 찬호 아빠 전명선』, p.174

그런다고해서

애가돌아오는것도아니고저긴데앞을로도즐겁거
나그런일은없을거같아요내가경미한테갈때까지
는그니까그러면서미안한게 ✿ 한테미안하다생각하
는게 ✿ 도내자식인데그니까걔를위해서살아야되는
데그렇게재미났지가않다는게 ✿ 한테가장미안해요

4/16 그날을말하다 경미엄마 전수현님 구술에서

김정혜 붓

경미 엄마 전수현

사는 게 재미없다 보니까 예전처럼 웃지도 않고. 그렇다고 해서 성격이 활달한 성격이어서, 애교가 성격도 아닌데 이 일로 인해서 더 말이 없어졌다고 보는 게 맞죠. 그니까 그런 게 미안한 거 같아요. 우리 신랑한테도 미안하고. 이게, 안 되니까. 내 감정이 안 되니까 내 삶이 팍팍해진 거. 3년 동안은. 앞으로도 마찬가지, 이게 지속형이라는 게 화가 나요.

그런다고 해서 애가 돌아오는 것도 아니고 저긴데, 앞으로도 즐겁거나 그런 날은 없을 거 같아요, 내가 경미에게 갈 때까지는. 그니까 그러면서 미안한 게, ○○한테 미안하다 생각하는 게 ○○도 내 자식인데, 그니까 걔를 위해서 살아야 되는데 그렇게 재밌지가 않다는 게, 그니까 ○○한테 가장 미안해요.

『그날을 말하다 : 경미 엄마 전수현』, p.120

형아,

하루는 핸드폰 음악을 틀어놓고 나오는 거예요 형아는 그때 핸드폰이 폴더였고 지는 스마트폰 이었던 거야. 그런데 형아가 노래를 들은걸 자꾸 검색했대요 지 핸드폰으로 하루는 보니까 형아가 검색한 노래가 나오더래 그걸 핸드폰으로 틀어주고 나오는 거예요 형아 들으라고 형아가 좋아하는 곡들이니까 형아가 들으라고

416 그날을 말하다
준우엄마 장순복님 구술 중에서

김정혜 씀

준우 엄마 장순복

보통 우리도 거기서 잔다는 건 힘들어요, 준우 방에서. 혼자 자는 건 힘든데 ○○이가 그걸 이겨내더라구요, 자는 걸. 형아 체취를 느끼고 싶어서 공부할 때 형아 방에서 공부하고 게임은 또 지 방에서 하고. ○○이에 대해서 기억이 나는 게, 하루는 핸드폰 음악을 틀어놓고 나오는 거예요. 그래서 '왜 쟤가 저렇게 신나는 음악을 틀어놓고 나오지?' 생각했는데 형아는 그때 핸드폰이 폴더였고 지는 스마트폰이었던 거야. 그런데 형아가 노래를 들은 걸 자꾸 검색했대요, 지 핸드폰으로. 하루는 보니까 형아가 검색한 그 노래가 나오더래. 그걸 핸드폰으로(방안에) 틀어주고 나오는 거예요, 형아 들으라고. 형아가 좋아하는 곡들이니까 형아가 들으라고. 그러고 나오는 거 보면, 참 말을 안 해도 애가 기특하기도 하고….

『그날을 말하다 : 준우 엄마 장순복』, p.131

얼른 나오라고 했으면 다 나왔어요
그 당시만 해도
그날에 시간이
많이 있었잖아요

416 그날을 말하다
동영 아빠 김재만 님 구술 중에서

김훈성 붓

동영 아빠 김재만

면담자 : 그러니까 3일 동안 구조를 안 한 건 조류가 세서 안했다고요?

동영 아빠 : 아니지요. 일부러 안 한 거지요. 그 낮 시간 8시 30분, 40분. 배가 서서히 기울어지고. 그 123선(정)이 갔었잖아요? 또 헬기 떴을 때도 헬기에서 내려와서 나오라고 해서, (선내) 방송에는 "가만히 있으라" 했어도 그때 걔네들이 밧줄을 타고 올라가서 "얼른 나오라"고 했으면 다 나왔어요, 그 당시만 해도. 그 낮에 시간이 많이 있었잖아요.

면담자 : 당일 날.

동영 아빠 : 예, 당일 날. 이게 우리가 나중에 목포법원에서 증거보존 신청한 게 CCTV 복원한 게 있거든요, 노트북이랑.

면담자 : 해경이 찍은 거요?

동영 아빠 : 배 안에서 찍은 거, 배 안에서 찍혀 있던 거 그거를 팽목항 있는데 우리가 그거를 발견을 했어요.

『그날을 말하다 : 동영 아빠 김재만』, p.52

더 강하게 싸웠으면은 어땠을까 조금 얻는게 있었을까 하는 그런 생각이 한 번씩 들어요

416 그날을 말하다

동영 엄마 이선자 님 구술 중에서

김효성 붓

동영 엄마 이선자

면담자 : 지난 3년간 활동 혹은 선택에 대해 아쉽거나 후회되는 게 있으신가요?

동영 엄마 : 아니요, 그런 거는 없고요. 우리가 싸워도 너무 순하게 싸워왔다는 생각을 가끔씩 하거든요. 차라리 그냥 처음부터 진짜 막무가내로 지금 저 어버이연합이나 이 사람들 너무 세잖아요? 그래도 순리대로 어떻게 보면은 남들한테 피해도 덜 가게 싸워도 그런 식으로 싸워왔던 거 같은데, '처음부터 더 강하게 싸웠으면은 어땠을까, 조금 얻는 게 있었을까' 하는 그런 생각이 한번씩 들어요.

면담자 : 팽목항에서부터? (동영 엄마: 네)

『그날을 말하다 : 동영 엄마 이선자』, p.142-143

내가 조금만 더 세상에
눈을 빨리 뜨고 같이
나와서 이렇게 했으면
내 딸이 이렇게 어이없게
가지는 않았을 텐데
라는 후회도 되면서

416 그날을 말하다
시연엄마 윤경희님 구술중에서
고운 김희선 붓

시연 엄마 윤경희

우리 시연이가 저한테 한번 질문을 했었어요. "엄마, 저 사람들은 왜 맨날 저렇게 천막을 치고 저기서 저러고 있어? 왜 맨날 저렇게 싸워?" 이렇게 얘기를 하는데 제가 "아, 해주면 안 되는데 자꾸 해달라고 저렇게 떼를 쓰는 거야" 난 이렇게 대답했던 엄마예요. 근데 내가 지금 그러고 다니면서 사람들한테 우리한테 함께해 달라고 하고, 잊지 말아달라고 하고, 이렇게 다니는 게 되게 위선적인 거예요, 내 자신이. 그러면서 '내가 조금만 더 세상에 눈을 빨리 뜨고 같이 나와서 이렇게 했으면 내 딸이 이렇게 어이없게 가지는 않았을 텐데'라는 후회도 되면서, 되게 열심히 많이 움직였던 거 같아요, 그런 것 때문에. 그래서 내가 나는 그렇게 살지 않았으면서 다른 사람들한테 그렇게 살으라고, 살아달라고 얘기하는 것 자체가 되게 위선적이라고 생각하고 나 자신이 되게 굉장히 부끄러웠어요.

『그날을 말하다 : 시연 엄마 윤경희』, p.110

항상 내곁에

그냥항상있는것같아요그냥제옆에항
상있는것같아요어떤분들은이제잊
고떠나보내라하는데저는떠나보내기싫어
요그래서이제바람이불고그러면아‥뭐
여기서도의미를찾고저기서도의미를
4/6 그날을말하다 예술엄마 노현희

남구술중에서 고운김희선붓

예슬 엄마 노현희

면담자 : 지금 어머니 느낌과 마음에는 예슬이는 어디 있는 것 같으세요? 어찌 보면 철학적 질문이 되겠는데(웃음).

예슬 엄마 : 그냥 항상 있는 것 같아요. 그냥 제 옆에 있는 것 같아요, 어떤 분들은 "이제는 잊고 떠나보내라" 하는데 저는 떠나보내기도 싫고. 그러니깐 어떤 분들은 그래요. 이제 좀 뭐, 이제 미신을 좀 믿고 그러는 분들은 "아이에 대해서 좀 놔줘야지 아이가 편안한 데 간다" 하는데 그건 제가 본 게 아니잖아요. 근데 아직도 저는 (잠시 침묵) 그 편안함을 느끼고 싶지가 않아요. 아이가, 제가 느끼기에 '제 옆에 항상 있다'라고, 그냥 있게 하고 싶어요(웃음). 이게 이제 욕심이지만 그냥 항상 있는 것 같아요, 그냥. 그럴 거라고 또 생각을 해요. 그래서 이제 뭐 바람이 불고 그러면, 아… 뭐 여기서도 의미를 찾고 저기서도 의미를 찾고 햇살에서도 찾고 다 찾는 거죠.

『그날을 말하다 : 예슬 엄마 노현희』, p.150-151

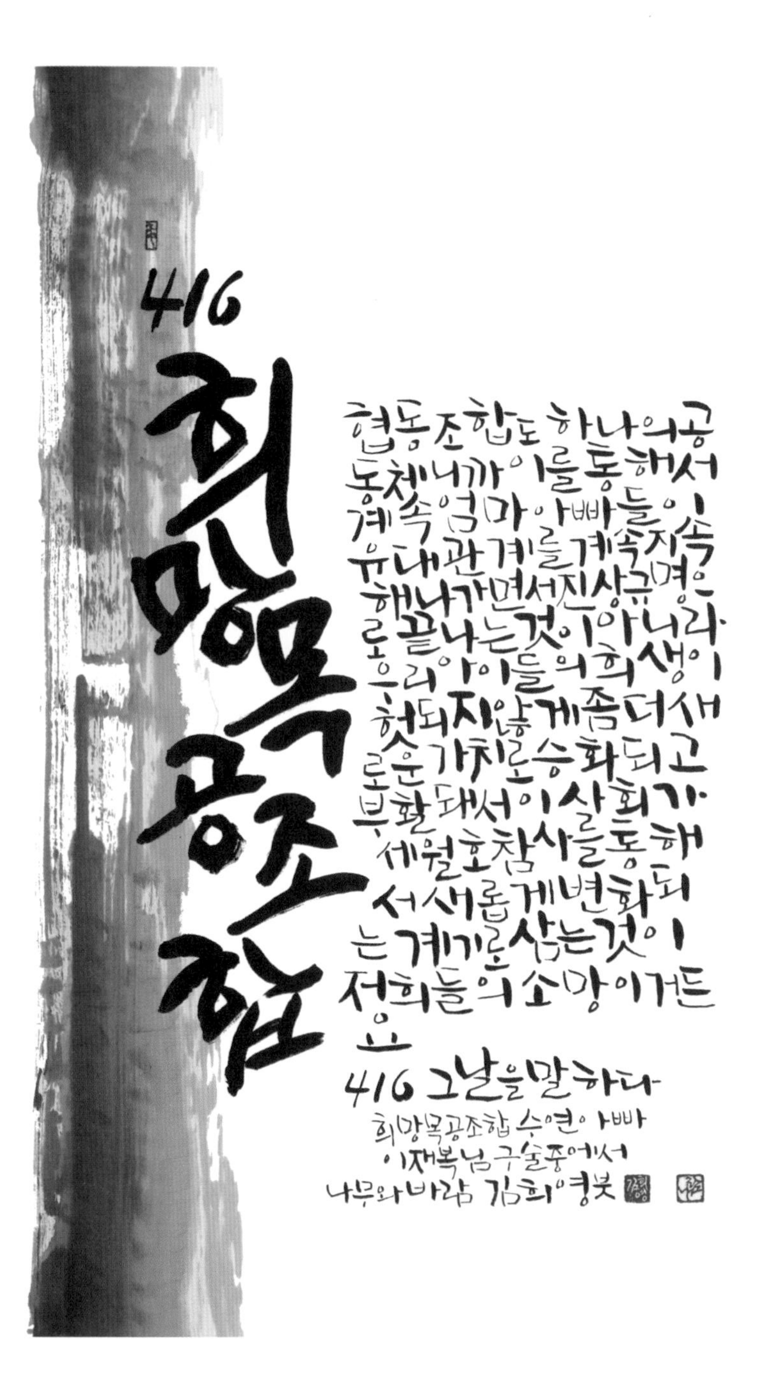

416
희망목공조합
협동조합도 하나의 공
동체니까 이를 통해서
계속 엄마 아빠들이
유대관계를 계속지속
해나가면서진상규명으
로 끝나는 것이 아니라
우리 아이들의 희생이
헛되지 않게 좀더 새
로운 가치로 승화되고
부활돼서 이 사회가
세월호참사를 통해
서 새롭게 변화되
는 계기로 삼는 것이
저희들의 소망이거든
요
416 그날을 말하다
희망목공조합 수연 아빠
이재복 님 구술 중에서
나무와바람 김희영 붓

4·16희망목공협동조합 수연 아빠 이재복

협동조합도 하나의 공동체니까 이를 통해서 계속 엄마, 아빠들이 유대 관계를 계속 지속해 나가면서

…

진상규명으로 끝나는 것이 아니라 우리의 아이들의 희생이 좀 더 새로운 가치로 승화되고 부활돼서, 이 사회가 세월호 참사를 통해서 새롭게 변화되는 것이 저희들이, 저 개인적으로도 그렇고 아마 우리 엄마, 아빠들 많은 생각일 텐데, 그 계기로 삼는 것이 저희들의 그래도 하나의 소망이거든요.

…

이 공동체에서 이제 어떤 계속 활동을 하는 그런 뭐랄까, 원동력으로 될 수 있는 그런 협동조합이 되는 바람이죠. 물건도 팔아가지고 생계유지에도 도움이 되겠지만, 좀 장기적으로 계속적으로 그런 활동을 하는 그런 공동체가 됐으면 하는 바람이죠.

『그날을 말하다 : 수연 아빠 이재복』, p.70

끝까지 해보고
끝까지 해야
되고

안된다 해도 힘들겠죠 세상에
쉬운게 없겠죠 '여기서 힘들다고
하면 내 자식보다 힘들겠냐' 그 순간
에 그런 생각도 많이 해요 '우리
애가 힘들게 죽었는데 이게 뭐가
힘드냐 죽은 사람도 있는데 억울하
게 죽고 힘들게 죽은 사람도 있는데
산 놈이 이게 힘들다 하면 안되지'
라고 생각해요

416 그날을 말하다
정예진 아빠 정종만 님 구술 중에서
나무와 바람 김희영 붓

예진 아빠 정종만

저 같은 경우는 '아 이걸 끝까지 하자. 되든 안되든 해본다면, 무슨 이야기를 후회도 없이 해야지, 왜 해보지도 않고, 후회하고 안 될 거라고 단정을 짓냐?'

…

끝까지 해보고, 끝까지 해야 되고, 안된다 해도. 힘들겠죠, 쉬운 게, 세상에 쉬운 게 없겠죠. '여기서 힘들다고 하면 내 자식보다 더 힘들었겠냐, 그 순간에' 그런 생각도 많이 해요. '우리 애가 힘들게 죽었는데 이게 뭐가 힘드냐. 죽은 사람도 있는데. 억울하게 죽고, 힘들게 죽은 사람도 있는데. 산 놈이 이게 힘들다 하면 안 되지'(라고 생각해요).

『그날을 말하다 : 예진 아빠 정종만』, p.133-134

사랑하고
보고싶은 내딸아
한번만 안아봤으면
따뜻한 밥 한끼만
먹어봤으면 소원이 없겠다
엄마 잊으면 안돼 알았지?
예진아

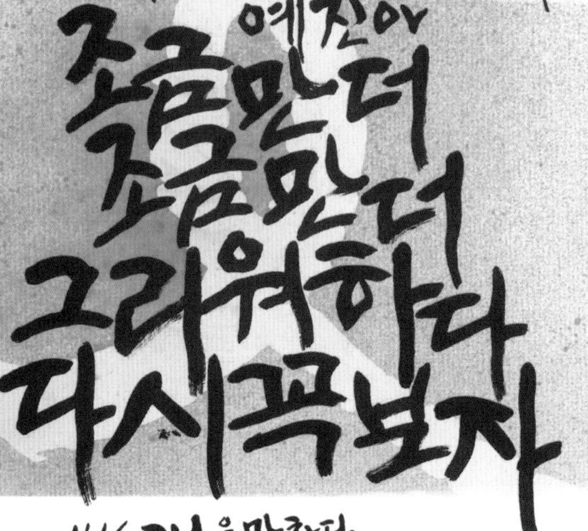

조금만 더
조금만 더
그리워하다
다시 꼭 보자

4/16 그날을 말하다.

정예진 엄마 박유신 님 편지 중에서
나무와바람 김희영 붓.

예진 엄마 박유신 2018년 4월 14일 편지글

사무치게 그리운 내 딸아

'정예진'하고 부르면 여전히 "왜, 엄마?" 하며 방문을 열고 나올 것만 같은데, 녹을 대로 녹아 사라져버린 엄마 심장처럼 네 방은 주인을 잃어 조용하기만 하구나. 아기 적부터 18살 삶이 사진에는 고스란히 남아 엄마를 보며 해맑게 웃고 있는데 넌 도대체 어딜 간 건지… 잘 있냐고 묻기도 죄스럽고 미안하지만 엄마는 또 "잘 있지!" "잘 있는 거지?" 또 묻는다. 그래야 하니까.

작은 추억 하나라도 혹시나 잊을까 봐 엄마는 조바심이 나고 두려워져… 사랑하고 보고 싶은 내 딸아. 한 번만 안아 봤으면, 따뜻한 밥 한 끼만 먹어봤으면 소원이 없겠다. 예진아, 엄마 잊으면 안 돼 알았지? 조금만 더 조금만 더 그리워하다 꼭 다시 보자. 정말 많이 사랑한다.

'정예진 엄마 박유신 님의 편지' 중에서

생명
존중
다음세대에게
안전한
나라를
만들어줍시다

416 그날을 말하다.

유민아빠 김영오님 구술중에서

하경 남미희 붓

유민 아빠 김영오

사람들 머릿속에서 우리 일반 시민단체 소속 사람들이 생명존중 외치고 다니면 아마 크게 와닿는 게 없을 거예요. 그런데 나는 자식을 잃어봤어요. 그것도 공식적으로 슬픈 사고, 세월호 사고를 겪은 아빠예요. 이 아빠가 다시 일어서서 "생명존중, 다음 세대에게 안전한 나라를 만들어줍시다." 그러면서 리본 하나 주는 게 아마 그분들은 좀 와닿는 게 다를 거예요. 아픔을 겪은 사람이 주니까.

『그날을 말하다 : 유민 아빠 김영오』, p.318

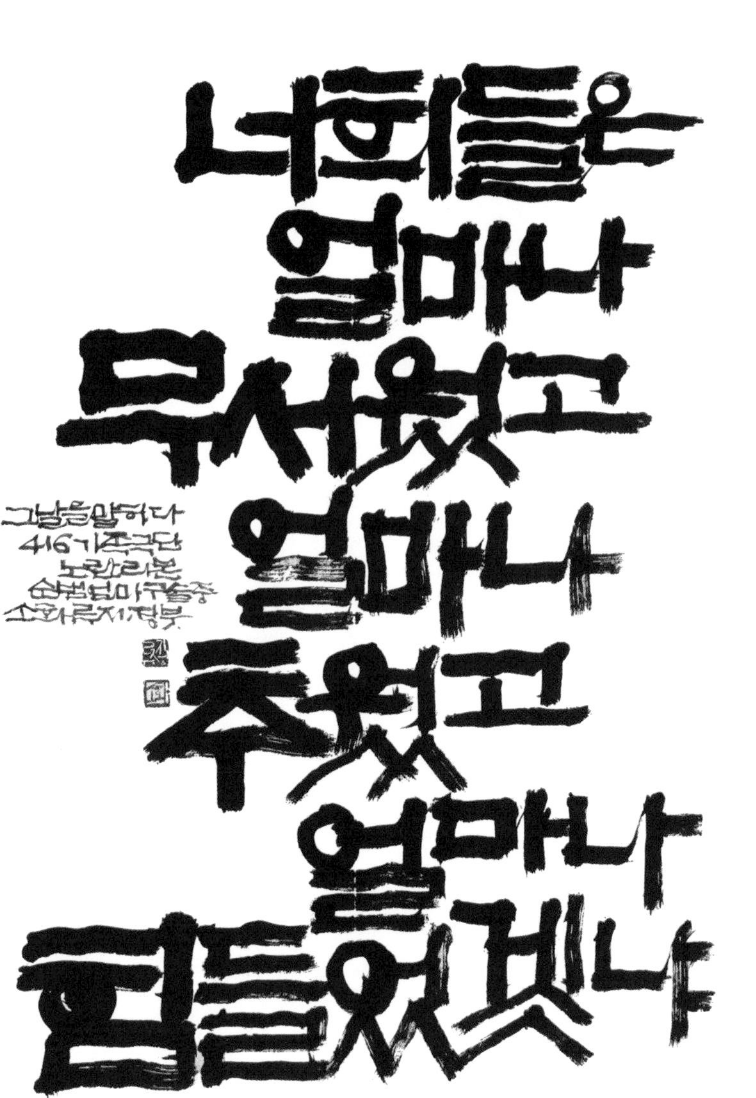
너희들은
얼마나
무서웠고
얼마나
추웠고
얼마나
힘들었겠나
그날을말하다
416가족극단
노란리본
순범엄마구술중
소화루지정부.

4·16가족극단 '노란리본'

연극을 계속하게 된 원동력

순범 엄마 : 지금도 마찬가지로 포기할 수 없는 게 그것 때문이에요. '너희들은 얼마나 무서웠고 얼마나 추웠고 얼마나 힘들었겠냐'. 나는 추울 때도 마찬가지로 '얘네들보다는 안 추워' (예진 엄마 : 그럼) '옷 하나 더 입으면 돼'. 나는 진짜 홍성에 혼자 내려갈 때 처음엔 정말 무서웠거든. 정말 무서웠어, 깜깜하니 뭐 그 가로등도 없고 막 이랬는데 되게 무섭더라고, 시골길을 가는데. 그때 뭐라 한 줄 알아? (동수 엄마 : 순범 엄마에게 휴지를 줌) (눈물을 훔치며) '너희들보다는 안 무서워. 엄마 괜찮아', (수인 엄마 : 순범 엄마를 토닥임) 이러면서 내가 그 시골길을 다녔었어.

『그날을 말하다 : 유가족 활동 단체 5』, p.192

내가 가서
하나님 앞에
따지고
그랬어
왜 나한테

그날을 말하다
지성 엄마 안명미 구술 중
소화 류지정 붓

지성 엄마 안명미

그 당시에는 아이 장례식 치를 때에도 나는 '왜 나한테 이런 고통이 왔지?' 이걸 찾고 있었거든. 그래서 『성경』에 욥이라는, 들어봤으려나… 교회를 안 다니면… 욥이 굉장히 고통당하는, 그런 처자식들이 자식들이 10명 자식이 죽고 재산이 다 이렇게 다 하늘에서 내려온, 그런 불이 나고 이런 것들로 다 없어지고 몸까지 자기 몸도 완전히 그냥 벌레가 기어 다니는 그런 상태까지 된 그런 욥이 당한 그 『성경』 구절을 읽고 싶었어. 거기서 나를 찾고 싶었어. 위로를 받고 싶었는지 모르겠어. 그 당시 내가 「욥기」를 읽었어, 그 장례식장 안에서. 할 것도 없잖아. 그래서 제가 어떻게 해서든지 그 당시에 내가 무슨 그 책에 심취한, 얼마나 심취가 되겠어. 그런데 「욥기」를 읽고 있었어, 장례식장에서, '왜'라는 질문을 가지고. 나한테 왜? 지금도 그 질문이 있지만 그 당시에는 엄청난 큰 물음표였지. 왜? 내가 가서 하나님 앞에 따지고 그랬어. "왜 나한테?" 그랬죠(울음).

『그날을 말하다 : 지성 엄마 안명미』, p.74

그냥 억울하고

조금 더 살기좋은
나라가 되면
그냥
이 나라에 억울하고
힘들게 사시는
분들을
돕고
싶어요

4.16 그날을 말하다
위험하면 밖으로 나가라는
말을 못해 후회되는 동혁아빠
김영래님 구술중에서

달빛해 믈 명서 붓

동혁 아빠 김영래

저는 어떤 기간이 정해져 있고, 그 기간 안에 충분한 진상 규명이 되고, 책임자들이 처벌을 받고, 조금 더 이 나라가 살기 좋은 나라, 안전한 나라가 된다면… 저 개인적으로는 그냥 이 나라에 억울하고 힘들게 사시는 분들을 돕고 싶어요. 그냥 조용히 살면서 세상에 억울한 사람들 도와가면서 우리 동혁이한테… 물론 없지만… 없지만… 남아 있는 흔적들을 좀 찾아서 그것들을 좀 기록한다거나… 기억저장소 같은 거를 저는 만들어주려고 생각하고 있거든요…. 그렇게 우리 동혁이를 조금이라도 더 그냥 많은 사람들한테 "이런 아이가 있었습니다"라고 하는 걸 보여주고 가고 싶어요.

…

4월 15일 날 배 타고 가는 밤 11시 반 정도에 전화가 왔어요. 그니까 너무 이렇게 들뜬… 업(up)된 말투 있지 않습니까? "저녁 뭐 먹었어?" 그랬더니 돈가스 먹었다고, 되게 맛있었다고. 그리고 제가 아무 생각 없이 "혹여라도 무슨 일 있으면 선생님 말씀 잘 듣고, 혼자 따로 행동하지 말고, 친구들하고 같이 움직이라"고, 제가 그렇게 얘기했죠. "차라리 좀 위험하면은 밖으로 나와 있어라"는 얘기를 못했던 게 후회가 되는 거죠.

『그날을 말하다 : 동혁 아빠 김영래』, p.178-179, p.40-41

기억이 더
희미해지기 전
잊지 않았을 시기에
용기내서 한 이 증언
통해 생각을 바꾸고
행동을 바꿀 수 있는
분들이 많아지기를

4/16 그날을 말하다

조선공을 꿈꾼 씩씩한 딸이
배타고 수학여행 간다고 응원했던
혜선 엄마 성시경 님 구술 중에서
문명선 붓

혜선 엄마 성시경

혜선 엄마 : 5년이 지나고 10년이 지나면 저희 기억도 희미해질 텐데, 이렇게 잊지 않았을 시기에 이렇게(기억나는 것을) 남겨놓는 것도 괜찮을 거라고 생각을 해요. 예전에는 너무 힘들 것 같아서 거절을 했는데, 또 이렇게 용기를 내서 했으니까 조금이나마 도움이 됐으면 좋겠습니다.

면담자 : 말씀하신 대로 중요한 역사적 자료가 될 거라고 생각을 합니다. 앞으로 이렇게 많은 사람들이 이런 일들이 다시는 안 일어나도록 이런 증언을 통해서 생각을 바꾸고 행동을 바꾸고 그런 일들이 일어날 거라고 생각을 합니다.

혜선 엄마 : 정말 대한민국의 모든 분들이, 많은 분들이 정말 사회에 관심을 가져주셨으면 좋겠어요. 저처럼 그렇게 어리석게 살지 말고 사회문제 하나하나에 관심을 갖고, '모든 국민들이 관심을 가지면 정부가 조금은 바뀌지 않

『그날을 말하다 : 혜선 엄마 성시경』, p.178

을까? 공무원들이, 국회의원들이 조금은 바뀌지 않을까?' 생각을 해요. 국민 무서운 줄 아는 정부, 국회의원들이 될 수 있도록 국민들이 많이 관심(을) 가져주셨으면 좋겠습니다.

…

고등학교에 가서는 부산에 있는 해양대학교에 진학을 해서 조선공이 되겠다고 하더라고요. 자기가 튼튼하고 큰 배를 만들고 싶다고…. 여잔데 손에 기름을 묻힐 수도 있고 험한 일을 할 수도 있다 (그러니까) 그런 게 전혀 걱정이 안 된다고 그러더라고요. 성격이 뭐 활달하고 그랬는데… 처음에 (수학여행) 갈 때 "너도 조선공이 되고 싶으니까 배 타면은 많이 둘러봐라" 그랬죠. 자기도 배 안에 가서 꼼꼼히 살펴본다고 그러면서 갔거든요. (선택하는데) '비행기도 타고 싶지만 내가 일단을 조선공이 꿈이니까 배 타고 가면서 한번 살펴볼 기회가 생겼다' 해서 좋아라 했어요. 그랬는데 이제 이런 사고가 난 거죠.

『그날을 말하다 : 혜선 엄마 성시경』, p.30-31

그때 당시에는
가족들을 보면은 진짜
안타깝죠
입장을 바꿔놓고
내가 가족이라면
그런 생각도 가져보지만은
그 사람들은 진짜
자식을 묻은
가슴에 묻은 거 아니에요
얼마나 가슴이 아프겠냐고
우리는 그 사람들 데려다준
그거밖에 안 되는데
우리한테 영웅이라 그러고
막 고맙다고

416 그날을 말하다
공우영 잠수사님 구술 中에서
들샘 문영미 붓

잠수사 공우영

면담자 : 그럼 다 같이 조문하고 가족분들도 분향소 옆 컨테이너에서 만나신 거예요?

공우영 : 예, 거기서 만나서 저녁 식사를 같이했어요. 오이도 가 가지고 같이 있던 사람들도 있었고, 호근이하고 그렇게 저거 해가지고 몇 명이 와서 밥을 사주더라고. 그래 가지고 거기서 같이 밥 먹고.

면담자 : 유가족분들 만나면 느낌이 좀 어떠셨어요?

공우영 : 그때 당시에는 가족들을 보면은 진짜 안타깝죠. 입장을 바꿔놓고 내가 가족이라면 그런 생각도 가져보지만은, 그 사람들은 진짜 자식을 묻은, 가슴에 묻은 거 아니에요. 얼마나 가슴이 아프겠냐고. 우리는 그 사람들 데려다준 그거밖에 안 되는데, 우리한테 "영웅"이라 그러고 막 "고맙다"고….

『그날을 말하다 : 잠수사 3』, p.75

그대로 있어요

저희들은 도언 엄마하고 처음부터 합의를 했었어요 조그마한 물건이라도 버릴순 없다고 나중에 우리가 마지막 누가 될지는 모르겠지만 마지막 남는 사람이 정리하는 걸로 처음부터 그렇게 약속을 했었어요 그래서 도언이가 쓰던 것들은 다 있습니다 집에 거의 하나도 빠뜨림 없이

416 그날을 말하다
도언아빠 김기백님 구술中에서
들샘 문영미

도언 아빠 김기백

면담자 : 지금 도언이 방은 어떻게 되어 있나요?

도언 아빠: 그대로 있어요. 저희들은 도언 엄마하고 처음부터 합의를 그렇게 했었어요. 조그마한 물건이라도 우리는 버릴 순 없다고. 나중에 우리가, 마지막 누가 될지는 모르겠지만, 마지막 남는 사람이 정리하는 걸로 처음부터 그렇게 약속을 했었어요. 그래서 도언이가 쓰던 것들은 집에 거의 다 있습니다, 하나도 빠뜨림 없이. 예를 들면 아주 사소한 칫솔까지도 다 가지고 있으니까, 버리지 않고. 걔가 썼던 것들은 일단 집에 다 두고, 다른 사람들은 그런 게 보는 게 힘들어서 다 그 일이 있고 난 뒤에 얼마 안 있다가 처리를 한 사람들도 있고. 근데 나중에 그것도 사람 나름이겠지만, 대다수의 사람들이 다 후회를 하더라구요, 나중에.

『그날을 말하다 : 도언 아빠 김기백』, p.136-137

진상규명이 돼야 돼 내가 그래도 너한테 너를 못 지켜줘서 미안한데 정말 엄마가 미안한데 그래도 이렇게 움직여서 진상규명이라도 해줘야 걔를 내가 만나더라도 조금 조금은 걔를 만났을 때 음 덜 미안할 거 같애요 그래서 그 아이를 만났을 때 내가 엄마 이렇게 했어 하고 떳떳하게 말할 수 있어야 될 거라고 생각해요 내가 그래서 진상규명이 될 때까지는 내가 아프지 않는 이상 그냥 될 때까지는 해야 한다고

416 그날을 말하다

재강엄마 양옥자님 구술 중에서

들샘 문영미 붓

재강 엄마 양옥자

줄여지면 좋죠. 진상 규명이 돼야 돼. 되면 좋겠어요, 돼야 되고. 그래야 우리 아이들이 덜 억울하고, 내가 다음에 재강이를 만났을 때, 음, 엄마가 걔를 만났을 때 덜 미안하죠. 내가 그래도 "니한테 너를 못 지켜줘서 미안한데, 정말 엄마가 미안한데"(울음), 그래도 이렇게 움직여서 진상 규명이라도 해줘야 걔를 내가 만나더라도… 조금, 쪼금은 걔를 만났을 때 음, 덜 미안할 거 같애요. 그래서 그 아이를 만났을 때 내가 "엄마 이렇게 했어" 하고 떳떳하게 말할 수 있어야 될 거 라고 생각해요 내가. 그래서 진상규명은 될 때까지, 내가 아프지 않는 이상 그냥 될 때까지는 해야 한다고 생각해요, 나는.

『그날을 말하다 : 재강 엄마 양옥자』, p.160

그냥 눈물이
나더라고요 뭐 다른 게
없었어요 뭐 감정
그런 건 없고
그냥 눈물만
나더라고요

거기에 딱
진도대교 앞을
가니까

416 그날을 말하다.
동수 아빠 정성욱 님 구술 중에서
박행화 붓

동수 아빠 정성욱

느낌은(면담자: 엄청난 일이었거든요) 딱히 없었고, 그냥 딱 진도대교부터는 그냥 눈물만 나오더라고요. 뭐 다른 게 없었어요. 뭐 감정, 그런 건 없고 그냥 눈물만 나더라고요. 거기에 딱, 진도대교 앞을 가니까, 그니까 숙박을 진도대교 앞에서 숙박을 했었어요 저희가, 그러고 나서 진도대교 건너가는 순간부터 '아, 진도네?' 이런 생각이 있는 반면에 이제 진도에서, 그니까 저희는 진도가 아니라 팽목항이죠, 팽목에서 있었던 일들이 막 지나가는 거예요, 이게. 그러다 보니까 나도 모르게 계속 눈물이 나는 거예요. 다른 거는, 뭐 감정이 어떻고를 떠나서 눈물만 나니까 나도 모르게 '아, 왜 눈물이 나지?'(하는 생각이 들더라고요). 1년 넘게 거기 있었잖아요. 순간적으로 '글쎄 어떤 마음이었을까?'라고 생각을 해봤는데 그걸 못 찾겠더라고요, 어떤 마음이었는지를. 그냥(면담자: 눈에 눈물만 나는) 네. 이제 그러면서 진도(에) 막 들어가서 딱 학교에서 숙소를 잡고 자는데 아프더라고요. 그때 왜 아팠냐면은 그전까지는 생존자 학생들은 안 왔었어요. 근데 진도에서 생존자 학생들이 같이 걷기 시작했거든요. 아이들을 보는 순간부터는 아프더라고요. 그러면서 가장 생각 많이 났던 게 그때는 이제 아이들, 동수가 가장 생각 많이 나더라고요.

『그날을 말하다 : 동수 아빠 정성욱』, p.112

내 스스로의 이야기

촛불을
켜놓고 304
명의 이름을 적은 그
컵에 초를 다 꽂아서 리본
모양으로 초를 바닥에 켜놓고 저희가
이제 진행하면서 이야기 나누고
노래하고 서로 돌아가면서 이야기도
하고 미수습자 아홉명은 가운데에 더
큰 컵에 큰 초로… 그 기억이 저도 굉장
히… 합창이 누구에게 노래를 들려
주기 위해서 노래를 한다라기 보다는
우리 안에 내 스스로의 이야기를 합창
에서 담을 수 있었던 거라서…

416 그날을 말하다
416 합창단 박미리님의 구술중에서
박행화 붓

4·16합창단 박미리

5월일 거예요, 아마. 2017년 5월쯤. 2017년 5월쯤. 2017년 3주기 지나고 세월호가 올라오고 100번째 공연이 다가오는데(박요섭: '어떻게 할까?' (하고 생각했을 때)) 네, "어떻게 할까?" 그랬고, 세월호가 목포에 와 있었고, "세월호 앞에서, 아이들 앞에서 노래를 부르자"라는 얘기가 자연스럽게, 예. 그러니깐 5월 1일이었어요. 맞아, 5월 1일 제 생일날이었다. 제 생일날이어서 기억나는데, 5월 1일에 딱 내려가가지고, 공연을 저희 단원끼리 촛불을 켜놓고, 304명의 이름을 적은 그 컵에 초를 다 꽂아서 리본 모양으로 초를 바닥에 켜놓고, 저희가 이제 진행하면서 이야기 나누고 노래하고, 서로 돌아가면서 이야기도 하고, 미수습자 아홉 명은 가운데에 더 큰 컵에 큰 초로…. 그 기억이 저도 굉장히… 합창이 '누구에게 노래를 들려주기 위해서 노래를 한다'라기보다는 우리 안에 내 스스로의 이야기를 합창에서 담을 수 있었던 거라서….

『그날을 말하다 : 유가족 활동 단체 4』, p.121

정말 오래 보고 싶었
어요 이 아이의 삶을
솔직히 우리 큰딸도
소중하고 그렇지만
더더욱 저는 승희를
한번 어떤 삶을 살아
갈지 보고 싶었어요

416 그날을 말하다
승희 아빠 신현호 님 구술 중에서
배숙복

승희 아빠 신현호

정말 오래 보고 싶었어요, 이 아이의 삶을. 솔직히 우리 큰딸도 소중하고 그렇지만 더더욱 저는 승희를 한 번, 어떤 삶을 살아갈지 보고 싶었어요(울음). 저한테는 정말 아까운 것 같아요. 너무 큰 손실이고… 어쩌면 저한테는 삶의 한 영양소 같은 거였는데(침묵). 그게 슬퍼요, 걔를 못 본다는 게(울음). 어른들이야 이제 가니까, 그렇게 간 아이들이니까 다들…

그런 아이들이 잘 기억이 되어서 다른 소중한 아이들도 건강하게 살아 있게 해주세요.

『그날을 말하다 : 승희 아빠 신현호』, p.137

위안이 되는거는 예은이가 꿈에
나오는거, 딱 하나. 예은이가 꿈에
나오면, 지금 안 나온지가 한 6개
월 넘었거든요?

지금 2월 3월 됐으니까 벌써 한
6개월 넘었어요. '지금 답답한데
요새… 좀 와주지' 하고 그러는데,
어쨌든 보통 한 1년에 서너 번 정도
예은이가 와요. 근데 거의 대부분이
예은이가 상한 모습으로 와요.
다른 엄마 아빠들한테 물어보면
다 똑같더라고. 온전한 모습으로
나타나는 경우는 많지 않더라구요,
대부분. 예은이도 열번 나오면
한 여덟번은 상한 모습으로 나와요.
그리고 꿈에 나와서 나랑 다정하게
대화하는 꿈은 거의 없어요.
그곳에서 꿈에 나오는 예은이는
여전히 침울하고 아파하고 또는
무표정하거나 무감각하고…
그니까 꿈을 꾸고 나면 그 내용 자체
는 솔직히 그렇게 좋지는 않아요.
근데 그렇게라도 나오면 좋겠어요. 그렇게 나오면
힘이 되요.

416 그날을 말하다 예은아빠 유경근님
구술中에서 박인석 씀

예은 아빠 유경근

지금 제일 예은이와 관련해서, 지금 생각하면 제일 따뜻하고 '또 그런 거 하면 좋겠다'라고 하는 거는 예은이가 학원 끝났을 때 종종 데리러 갔거든요. 그럼 이제 고 앞에 길 건너 횡단보다에 (차를) 댈 때도 있고 차들이 많으면 또 고 뒤쪽에 버스 정류장 쪽에 댈 때도 있고, 대놓고 그 1층 앞에서 기다렸다가 (예은이가) 끝나고 엘리베이터 타고 내려오면 그 앞에 있는 편의점이나 가게에 가서 미에로화이바 한 병 사서 주면 그걸 아주 맛있게, 연습 많이 했으니까 목도 타고 그러겠죠, 지치고 그러니까. 그래서 그거 아주 맛있게 한 병 다 먹으면서 집에 왔던….

『그날을 말하다 : 예은 아빠 유경근』, p.23-24

그리고 공우영 선배가 억울하게 지금 재판을 받고 있는데
난 그것도 참 진짜 안타까워요 매달 법원 다니면서 나이 든
사람이 상은 못 줄망정 이 나라에서 진짜 이렇게까지 해야
되느냐 1심에서 무죄는 받았는데 2심은 또 남았고 3
심 또 또 갈지 또 모르겠고 말도 안 되는 거 갖고 진짜 이렇게
하는 것에 대해서 진짜 분명히 이건 바로잡고 잘못 바로 가
야지 안 그러면 정말 이거 진짜 이상한 상황이 되는 거라고
생각하고 써먹고 버리는 것도 둘째치고 이젠 죄까지 물어
버리니

이 나라가 진짜로 정말로

실망스럽습니다

그날을 말하다 참수사 김상우 구술 중에서

백인석 씀

잠수사 김상우

네, 그래서 공우영 잠수사가 지금 재판을 받고 있어요. 그 일 때문에. 그러니까 해경에서는 그거예요. '민간잠수사니까 민간 잠수사 제일 선배가 책임져' 이거 이게 돼버린 거예요. 업무상 과실치사라니 아니, 봉사하러 간 사람이 업무가 어디 있습니까? (중략)

그리고 공우영 선배가 억울하게 지금 재판을 받고 있는데, 난 그것도 참 진짜 안타까워요, 매달 법원 다니면서 나이 든 사람이. 상은 못 줄망정 이 나라에서 진짜 이렇게까지 해야 되느냐. 1심에서 뭐 무죄는 받았는데 2심은 또 남았고 3심도 또 갈지도 모르겠고. 말도 안 되는 거 갖고 진짜 이렇게 하는 것에 대해서, '진짜 분명히 이건 바로 잡고, 잘, 똑바로 가야지 안 그러면 정말로 이거 진짜 이상한 상황이 되는 거'라고 생각하고. 써먹고 버리는 것도 둘째치고 이젠 죄까지 물어버리니, 이 나라가 진짜로, 정말로 실망스럽습니다.

『그날을 말하다 : 잠수사 1』, p.58

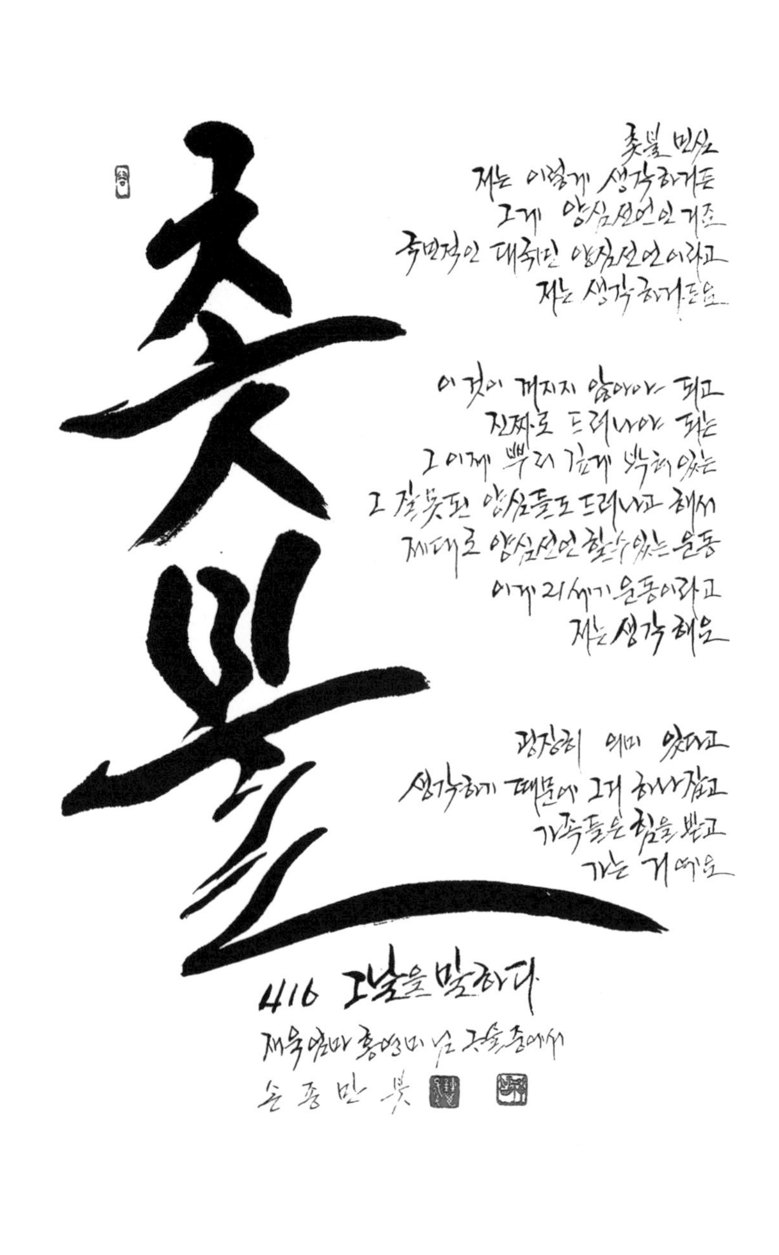
촛불
촛불 민심
저는 이렇게 생각하거든
그게 양심선언인 거죠
국민적인 대국민 양심선언이라고
저는 생각하거든요
이것이 꺼지지 않아야 되고
진짜로 드러나야 되는
그 이제 뿌리 깊게 박혀 있는
그 잘못된 양심들도 드러나고 해서
제대로 양심선언 할 수 있는 운동
이게 21세기 운동이라고
저는 생각해요
굉장히 의미 있다고
생각하기 때문에 그거 하나 잡고
가족들은 힘을 받고
가는 거예요
416 고난을 말하다
재욱엄마 홍영미 님 구술 중에서
손종만 씀

재욱 엄마 홍영미

촛불 민심 저는 이렇게 생각하거든, 그게 양심선언인 거죠. 국민적인, 대국민 양심선언이라고 저는 생각하거든요. 이것이 꺼지지 않아야 되고, 진짜로 드러나야 되는 그 이제 뿌리 깊게 박혀 있는 그 잘못된 양심들도 드러나고 해서 제대로 양심선언을 할 수 있는 운동, 이게 21세기 운동이라고 저는 생각해요. 굉장히 의미 있다고 생각하기 때문에 그거 하나 잡고 가족들은 힘을 받고 가는 거예요.

『그날을 말하다 : 재욱 엄마 홍영미』, p.77

진상규명 투쟁

재민이와 약속도 있고
왜 이 사건이 이렇게 생길 수 밖에
없었는지 그 이유도 알아야
될 거 같고

그리고 가장 책임이 있는 사람들
그 사람들이 지금 벌을 받고 있는 것도
아니고 오히려 승진하고 그런
사람들 때문에 오히려 더 싸워야
된다고 생각을 해요

저는 그 사람들이 정말 우리 아이들
한테 와서 미안하다고 무릎꿇고 사죄 하는
모습을 봐야 될 거 같애

나는 그래야지 아이를 볼 수 있을 거 같애
나중에라도 만날 수 있다. 그래야 그래서 싸움하는
거 같애

416 고난을 말하다. 재민엄마 문연옥 님 구술 중에서
손 종 만 붓

태민 엄마 문연옥

태민이와 약속도 있고, 왜 이 사건이 이렇게 생길 수밖에 없었는지 그 이유도 알아야 될 거 같고, 그리고 가장 책임이 있는 사람들 그 사람들이 지금 벌을 받고 있는 것도 아니고 오히려 승급하고, 그런 사람들 때문에 오히려 더 싸워야 된다고 생각을 해요. 저는 그 사람들이 정말 우리 아이들한테 와서 미안하다고 무릎 꿇고 사죄하는 모습을 봐야 될 거 같애, 나는. 그래야지 아이를 볼 수 있을 거 같애, 나중에라도 만날 수 있다 그러면. 그래서 싸움하는 거 같애.

『그날을 말하다 : 태민 엄마 문연옥』, p.140

오겠지

전원구조 문자가 뜨고 TV화면에 의하면 진짜 바다에 가득 군함이 떠 있었거든요 아이들이 없어 그러더라구요

아이들이 없어 한 학년이 다 갔는데 그 애들이 다 어디갔냐고 오겠지 올거야 여보 애들이 배 안에 있대

올거야

416 그날을 말하다

예은 엄마 박은희 구술 중에서

송정선 붓

예은 엄마 박은희

처음에 본 영상에 의하면 진짜 바다에 가득 메울 정도로 군함이 떠 있었거든요, 사고 해역에. 도대체 그걸 누가 보냈는지 그것도 아직 안 밝혀졌는데, "해군이 구하러 오고 있다. 헬기 소리가 나고 그랬다"고, 애가 문자 보낸 거랑 TV 화면으로 본 거에 의하면 분명히 애들은 100프로 군함에 타고 있어야 맞는 거거든요. 발에 걸릴 정도로 사방에 군함이 떠 있었는데….

애 아빠가 공포에 질린 그런 목소리로 "아이들이 없어" 그러더라구. "아이들이 없어", 한 학년이 다 갔는데 아이들이 없다는 거예요. 내가 말도 안 된다고 "그 애들이 아 어디 갔냐요, 오겠지, 올 거야" 계속 전화했죠. "여보, 애들 다 배에 있대. 기다리지 마, 애들 다 배에 있대" '아 애들이 저 시커먼 물속에 있구나' 알았죠.

『그날을 말하다 : 예은 엄마 박은희』, p.55-56

역사적 사건을
다 덮는 식으로 살아온
한국사회에 단원고
교실이 존치된다면
아프지만
기억하는
상징적인 공간이
될것 같아요

내 아이가 왜 구조받지 못하고 죽었나
그걸 꼭 밝혀야 돼요 죽을때까지
416 그날을 말하다
준영아빠 오홍진 구술중에서
송정선붓 경신 소나무

준영 아빠 오홍진

그래서 저희 부모님들이나 많은 시민들이 "이번은 덮지 않겠다", 그리고 "이제는 가만히 있지 않겠다" 그렇게 많은 사람들이 외치죠. 사실 지금까지 많은 역사적 사건을 다 덮는 식으로 살아온 한국 사회에 단원고 교실이 존치된다면 아프지만 기억하는 상징적인 공간이 될 것 같아요. 진상 조사, 진실 규명이 하나라면 다른 하나는 기억….

앞으로 이런 일이 다시는 벌어지지 않게, 내 아이가 왜 그렇게 구조받지 못하고 죽었나. 그걸 꼭 밝혀야 돼요, 죽을 때까지. 그런 부모님들의 절박한 마음, 그거를 좀 많이 이렇게 담아주셨음 좋고요.

『그날을 말하다 : 준영 아빠 오홍진』, p.163, p.191

지금 소원이
있다면
하루가 아닌
단 한 시간
만이라도
고운이를 만날 수
있다면
만나고 싶다.

416 그날을 말하다
고윤엄마 윤명순님 구술 중에서
신지우 붓

고운 엄마 윤명순

저 같은 경우는 이제, 감독님 같은 경우(한테)는 이 영화를 만들게 된 계기에 대해서 질문을 하시더라고. 근데 저(한테)는 다행히 그런 전문적인 질문은 안 하고, 첫 번째 질문한 학생이 초등학생… 초등학생이었어요, 남자아이. 근데 그 남자아이가 생각해 내서 한 질문인지, 그 남자아이 같은 경우는 엄마랑 같이 왔더라고요. 엄마하고 여동생하고 같이 왔더라고요. 엄마가 그런 질문을 한번 해보라고 얘기를 해준 건지는 모르겠는데, 지금 소원이 있으면 어떤 소원이 있는지 얘기를 해보라고 그러더라고요. 그래서 제가 그 첫 번째 질문부터… 너무 눈물이 나가지고, 처음 질문부터 제가 우느라고 말을 제대로 못 했어요.

그때(울먹이며) "지금 소원이 있다면 하루가 아닌 단 1시간 만이라도 고운이를 만날 수 있으면 만나고 싶다"고 그게 소원이라고, "어느 날 갑자기 작별 인사도 못 하고 못하고 갑자기 떠나버린 고운이를 만날 수 있으면 만나고 싶고, 안아주고 싶고, 어루만져 주고 싶고, 지켜주지 못해서 미안하다고, 영원히 사랑한다고 말해주고 싶다"고.

『그날을 말하다 : 고운 엄마 윤명순』, p.102-103

전국민들이
구하지 않는 모습을
봤잖아요 구하지
않는 모습 가만히
손 놓고 있는 모습을
봤기 때문에
이거는 사건이지
사고가 아니에요

4.16 그날을 말하다
세희 아빠 임종호 구술 중에서
신현수 붓

세희 아빠 임종호

“일반 사고라면, 당연시 얘기하는 것은, 교통사고를 얘기하듯이 그런 사고라면 기간이 짧으면은 아무래도 형편 어려운 분들한테 좋을 수 있겠죠. 근데 우리는 너무나도 전 국민들이 구하지 않는 모습을 봤잖아요, 구하지 않는 모습. 가만히 손 놓고 있는 모습을 봤기 때문에 이거는 사건이지 사고가 아니에요.

그런 것들을 너무나 잘 알고 있기 때문에, 마치 기다렸다는 듯이 6개월 만에 정리를 해버릴려고 할려는 게 잘못됐다는 거죠.”

『그날을 말하다 : 세희 아빠 임종호』, p.177

저희 부모님들이
한결같이 바라는 게
우리 아이들이 왜 죽
었는지 왜 죽어야만
했는지 왜 구조를 하
지 않았는지 그거가
제일 궁금하잖아요 진
짜 이거는 부모면 풀
어야 하는 숙제잖아

4.16 그날을 말하다
세희 엄마 임미선 구술 중에서
신현수 붓

세희 엄마 배미선

"저희 부모님들이 한결같이 바라는 게 '우리 아이들이 왜 죽었는지, 왜 죽어야만 했는지, 왜 구조를 하지 않았는지' 그거가 제일 궁금하잖아요? 처음에 저희 부모님들이 원했던 게 그거고, 그거만 알려달라는 거야. '사고가 왜 났으며, 왜 구조를 안 했는지' 그런 거잖아요. 진짜 이거는 부모면 풀어야 하는 숙제잖아요."

『그날을 말하다 : 세희 엄마 배미선』, p.119

그렇게 하는 것이 곧 희망이다
또 다양한 사람들을 만날 수가 있고
실제로 각 지역에서 움직이고 있다
그런 것들을 확인하는 순간
그게 힘이 되는 것이고
더 지치지 않고 다니는 것이죠

4·16
그날을
말하다
다영아빠
김현동
구술중
자운
양은경 붓
자운

다영 아빠 김현동

경험, 경험하고 또 제가 살아온 게 그게 전부 다죠. 그건 '반드시 조직 활동을 해야 된다. 그리고 일상적으로 목적의식적으로 움직여야 된다' 이런 것들은 기본적으로 이게 몸에 배 있기 때문에 늘 하는 것이고, 그렇게 하는 것이 곧 희망이다. 또 다양한 사람들을 만날 수가 있고 실제로 각 지역에서 움직이고 있다. 그런 것들을 확인하는 순간 그게 힘이 되는 것이고 더 지치지 않고 다니는 것이죠.

『그날을 말하다 : 다영 아빠 김현동』, p.121

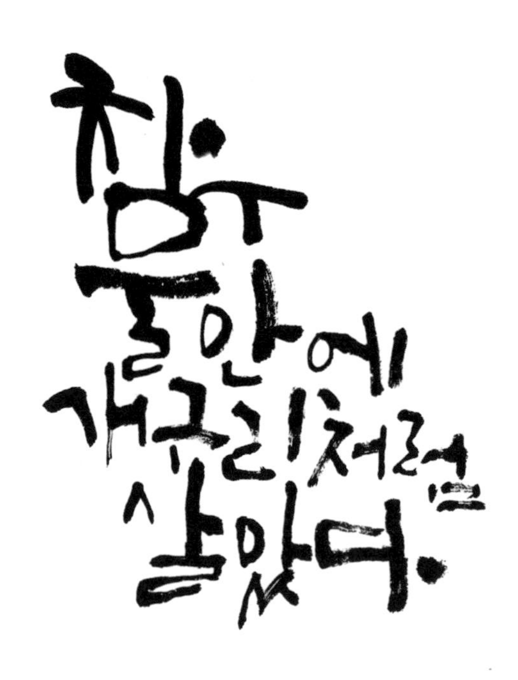

내가 이걸 당해 보니까 '참 우물 안에
개구리처럼 살았다'라는 생각도 들고….
집회하는 거나 어렵게 사는 사람 실정도
몰랐고, 내 주위만 이렇게 보고 어려운 사람 있으
면은 도와주면 된다고 생각하고 살았는데
(한숨 쉬며) 그래서 이런 생각 저런 생각 다 들죠
'좀 크게 눈을 뜨라고 내 자식 뺏아갔나' 싶기도 하고
오만 생각이 다 들죠…. 416 그날을 말하다.

지혜 엄마 이정숙 님 구술 중에서

자운 양운경 붓

지혜 엄마 이정숙

부유하게는 안 살았지만은 내가 최선을 다하면은 어떤 고통도, 다 우리 애를 막아줄 거라고, 내가 힘들게 살아서 우리 애들만큼은 고통 없게… (중략) 내가 이걸 당해보니까 "참 우물 안에 개구리처럼 살았다"라는 생각도 들고…. 집회하는 거나 어렵게 사는 사람 실정도 몰랐고, 내 주위만 이렇게 보고 어려운 사람 있으면은 도와주면 된다고 생각하고 살았는데 (한숨 쉬며) 그래서 이런 생각 저런 생각 다 들죠. '좀 크게 눈을 뜨라고 내 자식을 뺏아갔나' 싶기도 하고 오만 생각이 다 들죠.

『그날을 말하다 : 지혜 엄마 이정숙』, p.41

인생의 강물로 흐를 수 있게

인생은 강물인데 이렇게 흐르다가
제가 웅덩이에 푹 빠졌어요 그래서
고여 있는 상태가 됐잖아요 근데 저를
누군가가 물길을 터주지 않았으면 아마
저는 썩어서 죽었을 텐데 많은 사람들이
저를 도와줬어요 그래서 구멍을 하나 뚫
물길을 터서 그래서 제가 다시 그 인생의
강물에 흐르게 됐어요 그래서 많은 사람들
이 저를 이렇게 이끌어주고 인생의 강물로
흐를 수 있게 해줬어요 그래서 제가 이렇게
살아 있는 거예요

416 그날을 말하다
수진 엄마 김인숙 님 구술 중에서
엄태순 붓

수진 엄마 김인숙

인생은 강물인데 이렇게 흐르다가 제가 웅덩이에 푹 빠졌어요. 그래서 고여 있는 상태가 됐잖아요. 근데 저를 누군가가 물길을 터주지 않았으면 아마 저는 썩어서 죽었을 텐데 많은 사람들이 저를 도와줬어요. 그래서 구멍을 하나 둘 물길을 터서 그래서 제가 다시 그 인생의 강물에 흐르게 됐어요. 그런 생각을 제가 하게 되거든요. 그래서 많은 사람들이 저를 이렇게 이끌어주고 인생의 강물로 흐를 수 있게 해줬어요. 그래서 제가 이렇게 살아 있는 거예요.

『그날을 말하다 : 수진 엄마 김인숙』, p.41

힘이 없으니까 힘이 안되니까
못한거 아니야 그랑께 다
힘이라는 것이 있어야 된단
말이야 백도 있어야 되고

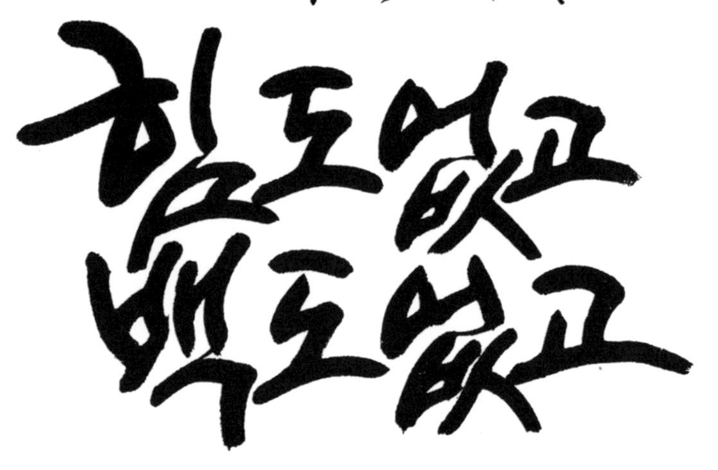

416 그날을 말하다

참사 후 기름유출 피해로 인한
보상을 정부로부터 제대로 받지
못해 고통받는 동거차도 주민
여남수 님의 구술 중에서

우진영 씀

동거차도 주민 여남수

면담자 : 세월호 사건 이후 3년 동안 가장 힘들었던 게 어떤 거였나요? 미역 보상 문제라든가 다른 문제들에 대한 대처에서 좀 후회가 된다든가 하는 일이 있으신가요?

여남수 : 후회되는 건 없지. 하다 하다 힘이 없으니까, 힘이 안 되니까 못 한 거 아니야. 그랑께 힘이라는 것이, 다 힘이라는 것이 있어야 된단 말이야, 백도 있어야 되고. 아, 그런 것이 철저하게 힘이 있는 다른 분이라면 간단한 거 아냐, 그란데 역시 섬사람들은 발이 좁아. 섬에 딱 갖혀 있응께 아는 사람도 없고, 많이 배워서 공부한 사람도 없고. 또 크게 뭐 어디 가서 출세한 사람도 없고 그랑께 뭐 별로 내세울 것이 없어.

『그날을 말하다 : 동거차도 주민 1』, p.102

묵묵히 그냥
오면은 온가 보다
가면은 간가 보다
그냥
어떻게 보면
간이역 그 역할을
한 것뿐이죠

동거차도 주민 이옥영 님은
세월호 참사 14일이 지나서
수색 도중 문지성 학생을 인
양하게 되었다 그 트라우마로
힘든 가운데에서도 섬을 찾아
오는 세월호 유족들을 위해
헌신했다

4·16 그날을 말하다

동거차도 주민 이옥영 님의 구술 중에서

우진영 붓

동거차도 주민 이옥영

너무나 안타까운 마음에 '내가 더 잘해줘야 쓰겄다'란 그 생각이 들더라고요. 내가 힘들어도 나는 조금만 더 참고 '아무리 내가 힘들어도 자식을 잃은 저 부모들 마음만큼 아프지 않을 것 아니냐' 그래서 그냥 묵묵히 그냥 유가족이 오면 온가비다 가면은 간가비다, 그냥… 어떻게 보면 간이역, 그 역할을 한 것 뿐이죠. 산에 그 베이스캠프 있잖아요. 거기 올라갔다 내려갔다 짐을 갖고 오면은 우리 집에 놓고 필요한 물건만 갖고 가고, 또 내려왔다가 또 필요한 물건 갖고 올라가고. 간이역 역할을 하는 것 뿐인데… 그렇게 돼 가지고 인연이 된 거죠, 지금.

『그날을 말하다 : 동거차도 주민 2』, p.23

진짜 환장해 이씨
들 수학 여행 보내
줬더니 이렇게
자기는 안 간다고 그
랬는데 그러고 살
아서 오겠다
고 기다
려라 그
랬

살아서 오겠다 기다려라

덜놈이 또 더써
기
다리고
나
왔아
유 참나. 책임
이 일을 누가 져야
돼는가 이 책임을
이르라우 마는 어
떻게 할 거냐 이 말
남은 데 나만 울
겠어요

416 그날을 말하다
준형 아빠 이평윤 님
구술기록 가운데를
빛담 유미경 빛담

근형 아빠 이필윤

(근형이가) 마지막 밥 먹는 모습도 봤어, 카메라로 찍힌 거. 배에서 배 안에서. 여기 있어, 핸드폰에 저장해 놨어. 마지막 밥 왼손으로 먹고 앉았는, 애들하고 같이. 저게 마지막 밥이구나….

…

그때까지 그냥 주구장창 울면서 기다린 거지. 애가 수학여행 간다 그랬는데 그 하얀 천을 보니까 눈물이 나더라고. 하얀 천 덮고 근형이라고 나와서 참… 얼마나 기가 막히고 코가 막힌지. 진짜 환장해, 애를 수학여행 보내놨더니 이렇게, 자기는 안 간다 그랬는데 그러고 "살아서 오겠다"고 "기다리라" 그랬던 놈이 포대기 덮고 나와, 아유 참 나… 이 일을 누가 책임을 져야 돼? 누가 책임을. 이 트라우마는 어떻게 할 거냐, 맨날 우는데. 나만 울겠어요?

『그날을 말하다 : 근형 아빠 이필윤』, p.76-78

굿준간을 상상하면
진짜 눈에 뵈는 게 없어
정말 지금도 가끔 눈에
선해 문득 생각나면 그
러면서 내가 다시 일어나
고 지금도 그렇게 하고 있
거든

416 그날을 말하다

순범엄마 최지영님 구술기록 중에서

빛담 유미경

순범 엄마 최지영

하나에서 열까지 궁금한 게 너무 많죠, 그죠? 그래서 그런 것들을 분명히 밝혀야 우리 아이들도 억울함이 사라질 거고. 나는 그 순간이 지금도 막 아찔한데, 그 아이들이 그 안에서…. 그 순간을 상상을 하면 진짜 눈에 뵈는 게 없어. 정말 지금도 그게 가끔 눈에 선해, 문득 생각나면. 그(러)면서 내가 다시 일어나고 또다시 일어나고… 그렇게 지금 하고 있거든.

…

오늘은 학교 갔다가 청소를 하고 '꼭 밝히고 갈게' 그랬어. '꼭 밝히고, 건강 잘 챙기면서 꼭 밝히고, 우리 아들한테 갈게' 그러고 왔네. 그 말이 정답인 것 같애.

『그날을 말하다 : 순범 엄마 최지영』, p.144-145

지금 유가족들이
진상규명
아마 사는 방법인거
같아요 그거 안하면
못살거같애
그래서 하는거같애
제 생각은 그래요
사는 방법을
찾는거같애
그래야 사니까

416 그날을 말하다
동수엄마 김도현 구술중에서
유미희 붓

동수 엄마 김도현

솔직히 잘 모르겠어요. 솔직히 내가 "진상규명, 진상규명" 하는데 나 살려고 하는 거 같고, 솔직히 내 살 수 있는 방향 땜에 하는 거 같아요. 내가 그거라도 안 붙들고 있으면 살 수가 없잖아요. 제가 아까 말했듯이 진상규명, 내가 믿고 있는 게 아니었으면 좋겠다고 했잖아요. 뭐가 됐든 간에 안 하면 못 사니까 살아갈 이유를 찾는 거 같아요, 그게 진상규명이. 안 그러면 못 사니까 살고 싶은, 아마 대부분 다 그럴 거예요. 살고 싶은 사람 없을 거예요. 지금 내 가장 소중한 걸 잃었는데 어떻게 사냐고.

(지금 유가족들이 진상규명, 아마 사는 방법인 거 같아요. 그거 안 하면 못 살 거 같애. 그래서 하는 거 같애, 제 생각은 그래요. 사는 방법을 찾는 거 같애, 그래야 사니까….)

『그날을 말하다 : 동수 엄마 김도현』, p.117-118

정말로 고마운 거는
내 새끼로 태어나서
살다 간 그것
너무 착하게 살고
남한테 그래도
인정받고 남한테
욕 안 먹고 그렇게
살아줘서 살아
주다 간 것 그게 너무
고맙지

416 그날을 말하다
미지 아빠 · 유해종 구술 중에서
유미희 붓

미지 아빠 유해종

딸이 없어지고 나니까는 그 생전에 못 해줬던 거 그거가 맨날 기억이 나고 너무 슬퍼요. 해줘도 정말로 어려운 게 아니었었는데 그걸 왜 못 해줬을까. 그거를 다 해달라고 하는 대로 다 해줬으면 후회는 없었을 텐데 지금은 너무 후회가 돼요. 진짜 그 하나서부터 열까지가 다 후회야, 다. (정말로 고마운 거는 내 새끼로 태어나서 살다 간 그 것, 너무 착하게 살고 남한테 그래도 인정받고 남한테 욕 안 먹고 그렇게 살아줘서, 살아주다 간 것, 그게 너무 고맙지.) 아마 이 다음에 내가 죽어서 우리 딸을 만났을 때는 할 말이 없었을 거야. 못 할 거야, 할 수도 없을 거야, 나는 해주지 못했으니까, 부모로서 아빠로서 해준 게 아무것도 없으니까. 너무 후회가 돼요. 이다음에 내가 죽으면, 얼마 남지는 않았겠지만은, 진짜 '미지 앞에 가서 내가 무릎을 꿇어야 되지 않을까' 이런 생각을 할 때가 많아요.

『그날을 말하다 : 미지 아빠 유해종』, p.35

국민 여러분 모두는 잠재적 유가족이 될 수 있다

이런 악순환들이
되풀이된다 그러면 어느 누구도 거기에서
자유로울 수 없기 때문에
4.16 그날을 말하다
준우 아빠 이수하 구술 중에서
윤은화 붓

준우 아빠 이수하

"국민 여러분 모두는 잠재적 유가족이 될 수 있다", 그 이유는 이런 악순환들이 되풀이된다 그러면 어느 누구도 거기에서 자유로울 수 없기 때문에 좋은 사람을 뽑고 그걸 계속 우리가 참여하고 모니터링하는 것만이 민주적으로 그런 문제를 해결하는 방법이지, 어떤 폭력적인 방법이라든가 이런 걸로 인해서 만들 수 있는 거는, 결국은 그렇게 만들어놓은 거는 또 폭력으로 바뀌게 되고 그런 악순환을 되풀이한다는 거는 역사에서 우리가 알고 있는 거잖아요.

그래서 "집에 돌아가면 자녀분들이 중학생도 있고, 고등학생도 있고, 초등학생도 있고 다양하게 있을 텐데, 그런 의식을 심어주는 게 가정교육이고 올바른 의식을 심어줌으로 인해가지고 2년 후, 3년 후에는 아이들이 정치에 참여하면서 올바른 정치관을 가지고 하지 않겠느냐"라는 게 제 생각이었고….

『그날을 말하다 : 준우 아빠 이수하』, p.149

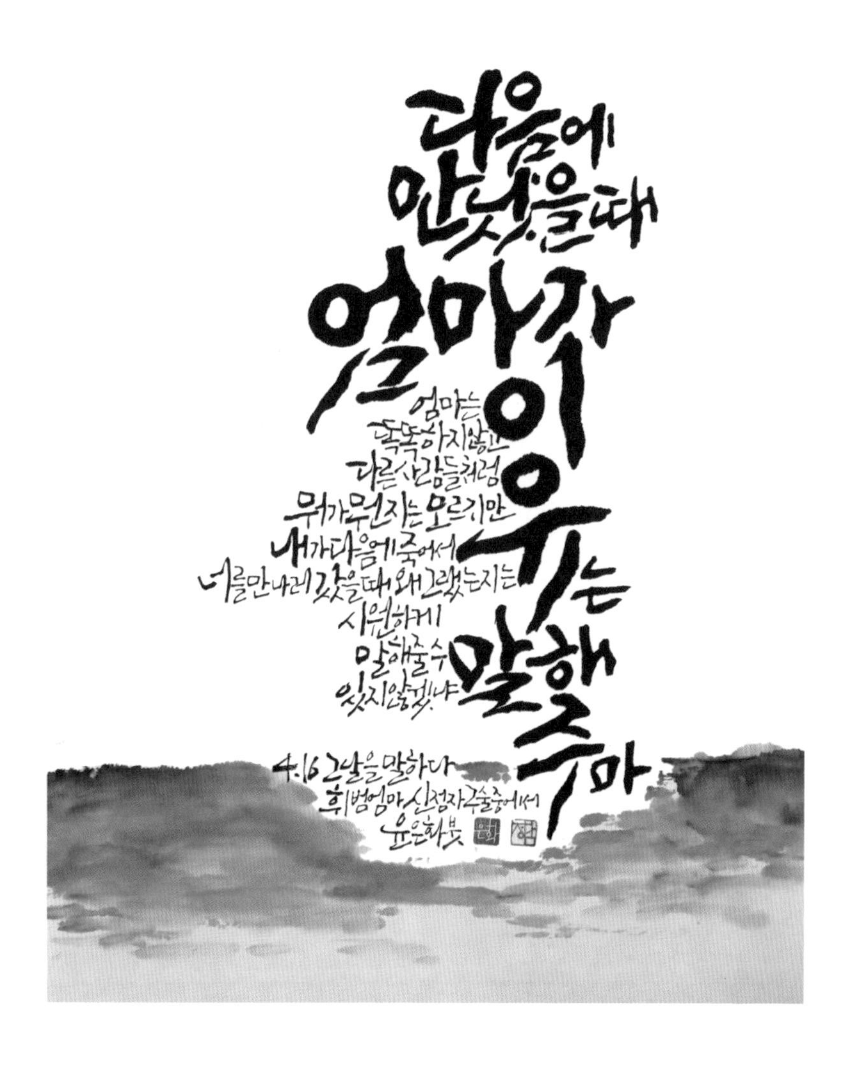
다음에
만났을 때
엄마가
이유는
말해주마
엄마는
똑똑하지 않고
다른 사람들처럼
뭐가 뭔지는 모르지만
내가 다음에 죽어서
너를 만나러 갔을 때 왜 그랬는지는
시원하게
말해줄 수
있지 않겠냐
4.16 그날을 말하다
휘범엄마 신정자 구술 중에서
윤은화 붓

휘범 엄마 신점자

우리 휘범이를 보내면서 '엄마는 똑똑하지 않고 다른 사람들처럼 뭐가 뭔지는 모르지만, 내가 다음에 죽어서 너를 만나러 갔을 때 왜 그랬는지 이유는 시원하게 말해 줄 수 있지 않겠냐' 그래서 그 이유는 알아야 되겠고, '왜 아무도 죄없는 너희들을, 이렇게 했던 사람을 처벌해야 되지 않겠냐' 이유를 알아야 그 사람들을 처벌할 수 있으니까….

…

그래도 '다음에 만났을 때 엄마가 이유는 알려주마' 그런 마음이에요. 지금도, 지금도 저는 휘범이한테 가서 뭐라고 할 말이 없어요. 이유를 모르니까. 뭐 배가 과적했네, 노후됐네, 이런 걸로는 대답이 안 되는 거니까.

『그날을 말하다 : 휘범 엄마 신점자』, p.113-115

나는 안 운다
나는 내 삶의 터전을 위해서
지키지만
너네들도 그렇게
울고있을 필요가 없다

그렇게 있을 자격도 아니고
나와서
너네들이
이겨내야 되는거다

416 그날을 말하다
승묵 엄마 은인숙 님 구술 중에서
윤정환 書

승묵 엄마 은인숙

"야, 니네들은" 아니, "우리들은 내 삶의 터를 지킬려고 하는 부모들이 이 정도로 하는데 니들은 니 자식들을 생때같은 니 자식들을 잃어놓고서는 니들이 울 자격이 있냐고, 니네들이 지금은 울 시기가 아니다. 울면서 집에 있을, 니네들이 그게 못 된다. 나와서 싸워야 된다" 그런 식으로 이야길 해주셨더라고.

제가 말주변이 없어서 이렇게 전달은 하는데 준영 어머니가 이야길 하셨을 때는 진짜 저도 그게 마음에 되게 와닿았거든요. '아 저렇게 진짜 말 그대로 80을 바라보는 어머니들께서 저렇게 이야기를 그렇게 해주시는데', "나는 안 운다. 나는 내 삶의 터전을 위해서 지키지만 니네들도 그렇게 울고 있을 필요가 없다"고, "그렇게 있을 자격도 아니고 나와서 니네들이 이겨내야 되는 거다" 그렇게 이야기하면서, '아, 맞다' 내가 '맞아. 이거는 울고 있고 하는 거는 사치구나. 아이 사진 보고 가슴 아프다고 울고 있는 것은 사치다. 어머니 말씀대로 내가 우리, 언론은 막혔지만 국민들한테 가서 알려야 되는 상황을 일깨워 줘야 된다'. 그렇잖아요. 우리하고 같이 싸우자는 게 아니라… 이제까지는 우물의 틀 안에 국가에서 하라는 대로만, 지금 우리는 말 그대로 인형처럼 그렇게 해왔잖아요.

『그날을 말하다 : 승묵 엄마 은인숙』, p.186-187

제가 우리 혁이가 보고
싶고 만지고 싶으면
우리 혁이 패딩옷에다
제 손을 넣고 제 손인데
우리 혁이 손이다 하고
만지고 그래요
제가요 너무 보고 싶고
너무 보고 싶고
만지고 싶으면
그래요

416 그날을 말하다
강혁 엄마 조순애 님 구술 중에서
먼들 이대형 쓰다

강혁 엄마 조순애

저는 지금도 우리 혁이 머리카락, 머리카락 한 번씩 만져요. 만질 수가 있는 게 그거밖에 없어요, 옷하고. 한동안은 제가 지갑에 넣어갖고 다니는데, 우리 딸이 잃어버린다고 집에 놓고 다니라고.

제가 가만히 이렇게 생각하고 있었는데, 그때가 5월달쯤 됐었어요. 우리 혁이 가방이 올라왔었어요. 한 달 만인데, 가만히 생각했는데 우리 혁이 누나가 3일 전엔가 후드티를 사줬어요, 혁이를. 그거를 혁이가 계속 입고 있었어요. 그런데 제가 세탁을 안 했어요. 그래서 거기서 햇빛에 가서 이렇게 거기서 여섯 갠가 찾았어요, 우리 혁이 거를. 머리가 까맣고 두꺼웠어요. 우리 애기 거. 그래서 그거, 그거 언릉(바로) 갖다가 문방구 가서 코팅했어요. (지갑에) 넣어가지고 제가 평생, 제가 눈감을 때까지 갖고 있으려고요. 제가 우리 혁이가 보고 싶고 만지고 싶으면 우리 혁이 패딩 옷에다 제 손을 넣고, 제 손인데 '우리 혁이 손이다' 하고 만지고 그래요, 제가요. 너무 보고 싶고, 너무 보고 싶고 만지고 싶으면 그래요.

『그날을 말하다 : 강혁 엄마 조순애』, p.65-66

집에 안 오면
학교 가서 자면 분명히
꿈속에서 나올 거 아냐
거기 애들이 많고
아빠 나 잘 지내고 있어
걱정 마 힘내
그런 말 마 듣고
학교 가면 듣겠어
느낄 거 같애

416 그날을 말하다
은지 아빠 한홍덕 님 구술 중에서
먼들 이대형 書

은지 아빠 한홍덕

학교 있을 때, 학교에서 가갖고 학교에서 끝났는데, 그러면 학교밖에 없는데. 학교 가면 거기서 내가 자더라도, 밤에 자더라도 애들도 나와서 "아빠, 여기 왜 왔어?" 뭐 얘기할 수 있는… 내 거기 가서 자갖고 꿈속에서 나올지도 모르잖아요, 걔들이 거기 와서. 그 생각을 사람들은 좀 모르는… 나는 그렇게 생각할 거 같아요. 집에 안 오면, 학교 가서 자면 분명히 꿈속에서 나올 거 아냐. 거기 애들이 많고 "아빠, 나 잘 지내고 있어. 걱정 마. 힘내" 그런 말 막 듣고. 학교 가면 듣겠어, 느낄 거 같애. 그래서 거기라도 제대로 받자. 그러니까 2년 동안 뭐 하나 짓자고 하는데 어떻게 하겠어, 짓더라도 제대로 안 되고.

『그날을 말하다 : 은지 아빠 한홍덕』, p.222

한으로 맺어진 가족이지

한마디로
우리는 한으로 맺어진 가족이지
제일 분하고 원통한 것은 애들이
세상을 떠날 때 겪지 말아야
될 고통이지 …. 가족 중 희생자가
304명이고 이것과 관련된 가족이
한두 명이에요 부모 형제 자매 또
친구들까지 그 사람들 중에서 이런
사고 없으리라고 보장 못한다는 거지
못해요 …… 이게 끝난 게 아니에요

416 그날을 말하다
수연 아빠 이재복 님 구술 중에서

이도한 붓 

수연 아빠 이재복

우리는 가족이란 것은 피를 나눈 가족도 있지만 우린 '한으로 맺어진 가족'이지 한마디로, 서로 위로가 되고 마음 터놓고 얘기할 수 있는, 어떻게 보면 가족보다 가깝지. 지금은 실제로 피를 나눈 가족한테도 마음 터놓고 얘기를 못 해요. 이해를 못 해요.

…

화가 나는 거는 정부의 행태죠. 제일 화가 나는 거는 그거예요. 물론 제일 분하고 원통한 것은 애들이 세상을 떠날 때 받았을 고통. 그건 상상할 수 없잖아요, 겪지 말아야 될 고통. 그거 생각하면 제일 분하고 원통한데, 또 한 가지는 국가가 (행한) 우리 애들에 대한 배신이지. 그래도 끝까지 믿었는데 믿음을 꺾었잖아, 국가가, 믿는 아이들을 어떻게 보면 외면하고, 그것도 부족해 가지고 계속 진상을 규명해 달라는 것을 방해하고 있잖아요. 제일 분노하는 게 그거죠, 방해하는 거. 협조는 못 해줄망정 방해하는 거.

…

'정치가 국민을 위해서 있는 게 아니고 그들만의 정치구나'

…

가족 중에, 총 희생자가 304명이고, 304명에 관련된 가족이 한두 명이에요? 부모, 형제자매, 또 친구들까지 그 사람들 중에서 이런 사고 없으리라고 보장을 못한다는 거지, 못해요, 이게 끝난 게 아니에요. (중략) '치유가 되고, 일상으로 돌아가고 편해지겠지' 당사자 아닌 사람들은 그렇게 생각할 수 있지. 근데 당사자들은 이게 언제 어느 순간에 올지 모르는 거거든. (중략) 나중에 이게 나타날 수도 있는 거거든. 오히려 다 정리되고 했을 때, 홀가분해졌을 때 스스로 선택할 수도 있어요, 스스로. '아, 이제 애한테 가야겠구나. 아, 나는 이제 너한테, 애한테 할 만큼 했어' 그래서 '이제 알아낼 거 알아내고 했으니까 이제 너한테 갈게'하는 부모도 나올 수 있어요. 그거 장담 못 해요. 그 때문에도 지속적인 관심은 있어야 된다.

『그날을 말하다 : 수연 아빠 이재복』, p.186-187

어떻게 살아야 할까

세월호가
저 개인적으로는 제 삶을
완전히 망가뜨려 놓은 그런
거죠 세월호 이전에는 현장
에서 일하니까…… 아쉽지 않게
이거 이후에는 이것도 안되고
저것도 할 수 없고 아무것도
할수 없으니까 솔직히 말해서
어떤 계획이 있을 수 있는
여건이 안되니까……
어떻게 살아야 할까
이 생각만 자꾸 하는 거예요

416 그날을 말하다
잠수사 황병주 님 구술 중에서

이도한 븟

잠수사 황병주

뭐 생활의 질은 말할 수 없이 어려운 상황이고, 네. 세월호 이후와 세월호, 세월호 이전과 세월호 이후의 삶은 너무나 많은 차이가 있어 갖고요. 세월호가… 저 개인적으로는 제 삶을 완전히 망가뜨려 놓은 그런 거죠.

…

그전에는 '아, 진실이면 왜, 밝혀지고 진실이면 다 될 텐데' 그렇게만 생각했는데, 세월호 이후에는, '진실은 아무리 진실이라고 해도 감추면 안 되는데 (감추면) 못 밝히는구나' 이걸 진짜 많이 느꼈어요, 저는.

…

세월호 있을 때부터 그런 걸 느꼈어요. 매스컴 이런 거가 참… 그 왜곡된 게 너무 많이, '매스컴도 (왜곡된 걸) 많이 보도가 된다'고 이런 것도 많이 느꼈고, 그 이후부터 세상을 보는 눈이 많이 달라지더라구요.

…

어떠한 삶을 살고 싶다는 거는 잘 모르겠구요. (한숨 쉬며) 솔직히 말해서 어떤 계획이 없어요, 어떤 계획이 있을 수 있는 여건이 너무 안되니까. '어떻게 살아야 할까?'

이 생각만 자꾸 계속하는 거예요, '어떻게 살아야 할까'. (중략)

4·16 이전에는 현장에서 일하니까 어느 정도 쓸 정도는 아쉽지 않게 (벌고) 사니까 저는 뭐, 제가 앞으로 어떤 계획 목표가 있어서가 아니라, 레저 좋아하고, 이렇게 동호회 사람들 좋아하고 그러니까. 또 운동 좋아하고 이제 그런, 그렇게 계속 또, 그렇게 살아왔고 그렇게 했는데. 이거 이후에는 이것도 안 되고 저것도 할 수 없고 아무것도 할 수 없으니까.

『그날을 말하다 : 잠수사 2』, p.19, p.40, p.170, p.196-197

아무것도 없고
깜깜하기만 하고
팽목항에 도착했는데
정말 아무것도 없었어요
비는 오고
깜깜하기만 해요
어떻게 아무것도
없을 수가 있어
거기 아무것도 안 하고
있더라고요 아무것도
애들이 거기 있다는데

416 그날을 말하다
건우엄마 김미나님 구술 중에서
별빛 이미지 붓

건우 엄마 김미나

그래서 마지막 버스 타고 진도 내려갔어요, 저희도. 버스가 그렇게 오래 가는 거 처음… 가도 가도 끝이 없어, 깜깜한데, 가도 가도 끝이 없어. 그렇게 먼 데는 세상에서 처음인 것 같애 (울음). 그렇게 멀리 가본 건 처음인 것 같애 (울음). 아무것도 없고, 깜깜하기만 하고, 팽목항에 도착했는데 정말 아무것도 없었어요. 비는 오고 깜깜하기만 해요. 어떻게 아무것도 없을 수가 있어, 거기. 아무것도 안 하고 있더라고요, 아무것도. 애들이 거기 있다는데 (울음)

『그날을 말하다 : 건우 엄마 김미나』, p.59

사람들이 아플때
아픔을 같이해주고
힘들때 같이 힘이
되어주고 어려울때
뒤에서 밀어주고
울고 있을때 뒤에서
묵묵히 쳐다보면서
다 울고나면
눈물을 닦아주는
사람들

416 그날을 말하다
형준아빠 안재용님 구술중에서
별빛 이미지붓

형준 아빠 안재용

이 사건을 토대로(계기로), 여기서 진짜 많은 사람들을 만나보고 많은 사람들과 이야기를 나눠보니까 '내가 모르던 사회들, 그런 게 여기에 존재를 하고 있었구나. 내가 전혀 생각지도 않고 내가 전혀 참여하지도 않았던 그런 사회들이.' 그러면서 사람들하고 참 많이 이야기를 하고 지내다 보니까 이런 사회를 나는 모르고 살아갔고(살아왔고), 그런데 사람들이 아플 때 아픔을 같이해 주고 힘들 때 같이 힘이 되어주고 어려울 때 뒤에서 밀어주고 울고 있을 때 뒤에서 묵묵히 쳐다보면서 다 울고 나면 눈물을 닦아주는 사람들. 그 사람들이 있다는 거에 대해서 많은 감사를 느껴요.

그리고 나서는 내가 요즘은 어디 가서, 옛날에는 진짜 내가 서명을 한 번도 안 해본 사람이 내가 그렇게 서명을 받으러 다니다 보니까 요즘은 지나다가도 뭐 서명이 있으면 쫓아가서 서명도 하게 되고. 그리고 또 사회적인 일이 생기면 그런 쪽으로 또 같이, 내가 직접 참여는 못 해도 귀 기울여주고 또 거기에 대해서 한 번씩 생각해 볼 수 있는 그런 시간을 마련해 주는 내 삶의 변화가, 그런 게 많이 바뀌었다고 생각을 하는 거죠. 그러면서 같이해 주는 그런 사람들한테 너무 고마운 걸 많이 느끼고.

『그날을 말하다 : 형준 아빠 안재용』, p.186

우리 아이들이 신이다

나한테는 큰 힘이고 나를 그냥 포기하지 않게
하는 거는 시민과 우리 아들, 아이들,
처음에 저는 진짜 아들밖에 몰랐었는데
지금은 우리 250명 아이들이 든든하다.
이걸로 저는 아침에 힘을 되게 받아요.
힘들고 아플 때, 그때 나를 일으켜 주는 게
우리 아이들이거든요. 그렇기 때문에
저는 '우리 아이들이 신이다'라는
생각을 해요. 그렇기도 하고.

준영 엄마 임영애 '4.16 그날을 말하다'에서

바람씀

준영 엄마 임영애

"우리 아이들이 신이다"

팽목항에서 제가 욕했던 분이 딱 두 분, 박근혜 대통령하고 하느님이었어요. 처음에 가서 어떤 기도를 했냐면 "다치지 않고 살게 해주십시오". 또 시간이 지나면서 "살지 않아도 좋으니까 돌아오게 해달라"고 기도를 했었죠. 그래도 하느님을 믿었다고 하느님을 찾으면서도 부처님도 찾게 되고,

하느님을 계속 찾으면서 이렇게 할 때마다 안 들어줘서 속상한 게 아니라 '없다'라는 생각이 자꾸 드는 거예요. '없구나' 이런 생각이, '나 그분 싫어' 이게 아니라 '없는 거 아니야? 없어. 나 이거 버림받은 것도, 이것도 나라한테 이렇게 버림받았지만 하느님도 나를 버린 게 아니냐, 하느님이 아예 없다, 없어'. 막 이렇게 생각을 하다보니까 어, 그

런 신앙심에 주님… 뭐 그런 걸로 나오는 거 같진 않아요. 그래서 제가 강론, 성당 가서 기독교 그런 데(간담회) 갈 사람이 없어서 제가 가게 될 때는 부담스러워요. 사실, 거기 가서 "주님이 없다"고 얘기할 수도 없는 거고, 그렇다고 은혜를 받았다고 감사 기도를 할 수도 없는 거고, 제가 지금 버티는 건 신앙의 힘이 아니에요.

…

경찰에게 이렇게 막 밀릴 때, 뒤에서 "쟤네들 배후 있어, 배후가 있는 거야. 어떻게 부모들이, 힘없는 부모들이 저렇게까지 할 수 있어?" 그랬는데, 거기다 대고 "내 배후는 내 아들이다!" 하고 소리를 질렀거든 "오영준"이라고 내가 막, "우리 아이들"이라고, "250명 아이들". 그런 거 같아요, 내 배후는 정말. 그래서 신앙도 참 좋고 하지만, 나한테 큰 힘

『그날을 말하다 : 준영 엄마 임영애』, p.278-279

이고 나를 그냥 포기하지 않게 하는 거는 시민과 우리 아들, 아이들, 처음에 저는 진짜 아들밖에 몰랐었는데, 지금은 그 든든하다는 생각이, 나는 무능하고 나는 힘이 없지만 우리 250명의 아이들이 든든하다, 이걸로 저는 아침에 힘을 되게 많이 받아요. 힘들고 아플 때, 간담회 갈 때는 막막할 때도 있어요. 어느 날은 '아, 간담회 가서 이거를 해야지' 막 이런 생각 들다가도 '오늘은 간담회 다른 사람이 갔으면 좋겠다. 오늘은 왠지 말하기도 싫다'라는 날이 있을 때, 그때 나를 일으켜 주는 게 우리 아이들이거든요. 그러기 때문에 저는 '우리 아이들이 신이다'라는 생각을 해요, 그렇기도 하고.

『그날을 말하다 : 준영 엄마 임영애』, p.280-281

너를 잊고 나서야 비로소

지금이라도
열심히 뉴스 보고,
많이 언론이
변했으니까
스스로 판단할
수 있는 생각은 조금
생긴 것 같아요. 기준
이 생기고. 그래서 제
가 할 수 있는 일이 있
다면 해야 되겠고.
끝까지.
4.16 그날을 말하다

웅기 엄마 윤옥희 님 구술 중에서
이채경 붓

웅기 엄마 윤옥희

아이에 대한 죄책감, 미안함 그거는 제가 죽는 순간까지 가져가야 되는 당연한 거고요. 솔직히 몰랐잖아요, 사회가 이렇게 병들어 있는 줄을. 그렇다고 제가 또 앞으로 살면서 얼마나 이 사회에 대한 사회 문제점에 대해서 크게 관심을 가질 수 있을지 모르겠어요. 그런데 지금이라도 열심히 뉴스 보고, 많이 언론이 변했으니까. 스스로 판단할 수 있는 생각은 조금 생긴 것 같아요, 기준이 생기고. 그래서 제가 할 수 있는 일이 있다면 해야 되겠죠, 끝까지.

『그날을 말하다 : 웅기 엄마 윤옥희』, p.139

너의 얼굴 장례식

장례식 치르는 동안
똑같은 사진인데 애가
울고 있는, 아니 웃고 있는 듯
하는 표정인 거예요 사실
사진을 제대로 못 쳐다
봤었어요 못 쳐다봤는데, 일관
하고 나서는 차웅이 얼굴이
똑바로 보이더라고요

416 그날을 말하다

차웅엄마 김연실 님 구술 중에서
이채경 붓 이채경

차웅 엄마 김연실

아빠는 형님들 오시고 뭐 하고 그러면 몇 번 가서 차웅이 얼굴을 봤는데, 저는 확인할 때 하고 입관할 때 그렇게밖에 못 봤으니까. 그때는 미안하고 그런 마음으로 애 얼굴을 못 봤던 것 같아요. 사진도 못 쳐다보겠더라고요. 장례식 치르는 동안 똑같은 사진인데 애가 울고 있는, 아니 웃고 있는 듯하는 표정인 거예요. 사실 사진을 제대로 못 쳐다봤었어요. 못 쳐다봤는데, 입관하고 나서는 차웅이 얼굴이 똑바로 보이더라고요. 근데 좀 마음이 뭐랄까요. 한 5일쯤 돼서 입관을 했으니까, 당시는 아이들이 거의 다 잘못됐다는 이야기가 들린 후였잖아요. 사람들이 자꾸 와서 차웅이한테 효자라고 하는데, "차웅이 효자였더라". 처음엔 우리 아이만 그렇게 된 줄 알았었는데, "엄마, 아빠가 걱정 안 하게 제일 먼저 왔으니까…효자"라고 사람들이 와서 자꾸 그런 이야기를 하는 거예요…. 그러다 보니까 '그런가, 그래. 우리 아들이 빨리 와줘서 고마운 건가?' 그런 마음이 들더라고요. '다행이라고 해야 되는 건가, 이거를 다행이라고 해야되는 건가?' 그러면서… 입관하면서 아이 얼굴을 보면서 너무 고맙더라고요.

『그날을 말하다 : 차웅 엄마 김연실』, p.60

기록을 남긴다
는 자체가 우리
애들이 나중에
안전사회로 갈
수 있는 어떤
기틀이랄까
기초가 돼야 하고

416 그날을 말하다
윤민 아빠 최성용 님 구술 중에서
전경희 씀

윤민 아빠 최성용

기록을 남긴다는 자체가 저는 그런 거 같아요. 개인이 거기에 어떤 주역이 돼 가지고 남긴다는 게 아니라 우리 애들을 위해서, 우리 애들이 나중에 이 대한민국의 역사에 중요한 역할이 아니더래도, 그래도 안전 사회를 갈 수 있는 어떤 기틀이랄까 기초가 돼야(하고).

『그날을 말하다 : 윤민 아빠 최성용』, p.77

도보로 해서
내려가자
우리 가는 곳마다
조그만
간담회라도 열어
인양의 당위성을
설명을 하자

416 그날을 말하다

준형 아빠 장훈 님 구술 중에서

전경희 붓

준형 아빠 장훈

'정말 여론을 좀 만들어보자. 만드는 방법이 뭐가 있겠냐' 했는데 그때 정말 생각나는 거는 그거밖에 없었어요. 도보. "도보로 해서 내려가자. 가족들이 내려가서, 내려가면 시민들이 하루 이틀은 걸어줄 것이 아니냐. 그 동네 시민들이 같이 걸어줄 것 아니냐. 우리 힘날 테고 그러면 우리 가는 곳마다 조그마한 간담회라도 열어서 인양의 당위성을 설명을 하자.

『그날을 말하다 : 준형 아빠 장훈』, p.132

제2의 세월호 참사가
또 일어날 수 있겠구나

왜
구조를 안 했고
아무것도 안 했는지
아이들이 그 일을 겪었어야 했는지

그걸
우리는
밝혀주고
싶은 거예요

416 그날을 말하다
경빈 엄마 전인숙 님 구술 중에서

아람 전선혜 붓

경빈 엄마 전인숙

'아, 이게 사회가 진짜 이렇게까지 썩어 있을 거'라고 생각을 못 했을 거잖아요. 나와서 싸우면서 느끼고 또 느끼고 한 게, '이렇지 않고서는 세월호 참사는 제2의 세월호 참사가 또 일어날 수 있겠구나' 이걸 느낀 거예요. 근데 적어도 우리는 다른 거 다 필요 없고, '왜 구조를 안 했고, 왜 아무것도 안 했는지, 왜 아이들이 그 일을 겪었어야 했는지' 그걸 우리는 밝혀주고 싶은 거예요.

『그날을 말하다 : 경빈 엄마 전인숙』, p.99

언젠가는 되겠죠
세월이 흐르다 보면
뭐든지 그래도 밝혀
지지 않을까요
근데 지치진 않겠죠

부모들이니깐
자식들의
엄마들이니깐

416 그날을 말하다
지현 엄마 심명섬님 구술중에서
아람 전선혜 붓

지현 엄마 심명섭

언젠간 되겠죠. 그런데 시간이, 금방 될 거라고 생각 안 해요, 저희들도 가족들도 그렇고. 세월이 흐르다 보면 뭐든지 그래도 밝혀지지 않을까요? 어느 정도는, 완전히는 아니래도 어느 정도까지는. 시간이 걸리겠죠. 근데 이제 앞에서 일하는 사람들이, 부모들이 저기 해야 되는데 그게 힘들어서 그게 좀… 근데 지치진 않겠죠. 부모들이니깐… 자식의 엄마들이니깐.

『그날을 말하다 : 지현 엄마 심명섭』, p.132

대한민국에 나라가 존재하지 않았다

살아있는애
들이 있을것
이다 이거죠
얼른 들어가
봐가지고상
황보고살아
있다 어울
직인다. 그런
애들은 빨리
꺼냈어야되는
데그런조치를
안하고 있더라
는거죠안했어
요 안했어

416 그날을
말하다

임요한 어머니
김금자님 말씀

정상희 붓

요한 엄마 김금자

나쁜 권력이라고 얘기한 게 아니라 그 위치에서의 할 수 있는 권한을 얘기하는 거예요. 그런데 아무것도 안 하고 있는 거예요. 윗분들 와서 어떻게 할 줄 몰라서 인사하고 계시다 가시고, '실지로 대처를 안 하고 있는 저 윗분들은 뭐 하고 있지?'라는 것(생각)도 순간이었어(그 순간에 들었어요). 제가 지금 기억해서 말씀을 드리는 건 순간이었고, 나머지는 수습을 잘 해주기를 바랬죠. 우리야 지금 난장판이니까, 어떻게든지 애들을 살려(야 할 것 아니에요?). 그렇게 있는 상황에서도 제가 말씀드렸잖아요. '공간이 있으니까 살아 있을 애들이 있을 것이다. 그 애들을 꺼내내라' 이거죠. 얼른 들어가 봐가지고 상황 보고 '살아 있다, 어, 움직인다' 그런 애들은 빨리 꺼내냈어야 되는데 그런 조치를 안 하고 있더라는 거죠. 안 했어요, 안 했어.

『그날을 말하다 : 요한 엄마 김금자』, p.100

창현이가
없는 상황에서
그래도
삶을 잘 살아내는 것
그게 목표인 거지 뭐
'치유' '일상으로 돌아
가는 것' 이런 말들은
쓰고 싶지 않아요

416 그날을 말하다

창현 엄마 최순화 님 구술 중에서

정상회 봇

창현 엄마 최순화

치유라는 말도 물론 정상적인 삶을 살아야 하는데 전 이게 정상적인 삶 같아요. 그냥 이렇게 아파하면서 (다른 사람들은) 예전으로 돌아가지 못한다는 거죠. "예전으로 돌아가야 돼 돌아가야 돼" 그러는데 그건 불가능한 말일 것 같아요. 그거는 있을 수 없는 일이고 그냥 이걸 받아들이고 살아가는 일상이 이제 우리 삶이 된거죠. 이게 없던 일이 되는 거잖아요. 일상으로 돌아… 예전으로 돌아간다는 건 없던 일이 일이 되는 거잖아요. 그거는 말이 안 되는 거고, 창현이가 없는 상황에서 그래도 삶을 잘 살아내는 것, 그게 목표인 거지… 뭐 '치유' '일상으로 돌아가는 것', 이런 말들은 쓰고 싶지 않아요.

『그날을 말하다 : 창현 엄마 최순화』, p.107-108

차라리
국민들 중에서
제대로 할 수 있는
사람을 뽑지
왜 이런 사람이
국회의원이
돼야 해

416 그날을 말하다
경주 엄마 유병화 님의 구술 중에서
정진호 붓

경주 엄마 유병화

그 속에서는 '차라리 국민들 중에 정말 제대로 할 수 있는 사람들 뽑지, 왜 이런 사람이 국회의원이 돼야 해?' 이런 생각까지 드는 거예요. 그니까 우리 스스로도, 우리 자식(이) 왜 이렇게 됐는지만 알면 되는데, 얘네들을 위해서 밝혀주면 되는데, 우리가 왜 정치적인 거를 논해야 되고, 정치하는 사람들에 대해서 우리가 평가를 해야 되며, 물론 국민이니까 그거는 알 권리고 평가를 할 수도 있지만, 이런 상황들이 너무 화가 나는 거예요. 그리고 우리는 당사잔데, 우리는 위로를 받고 치료를 받아야 되는 사람인데…, 나중에는 정말 이게 오기가 생기는 거예요.

『그날을 말하다 : 경주 엄마 유병화』, p.137-138

우리 엄마가
고생한다고 자기가
커서 다 해준다고
속삭였어요 12번 날 뒤에다

왕반지
다이아

끼워준다고 그랬어요
진짜로 그랬어요 그 생각이
떠오르더라구요
바닷가에 혼자 앉아 있는데

416 그날을 말하다
다혜 엄마 김인숙 구술 중에서
월하미인 조성숙 붓

다혜 엄마 김인숙

나는 다혜하고 많이 거실에서 잤거든요. 아빠가 아프고 누워 있으니까 "뒤척뒤척하면 잠 못 잔다"고 제가 다혜하고 거실에 잤는데 이렇게 팔을 아프다고 주물러주고, "우리 엄마 고생한다"고 지가 "커서 다 해준다"고 속삭였어요. 맨날 귀에다가 왕반지 다이아 끼워준다고 그랬었어요, 진짜로 그랬었어요. 그 생각이 떠오르더라고요, 바닷가에서 혼자 앉아 있는데.

『그날을 말하다 : 다혜 엄마 김인숙』, p.42

주현이를 만나던 날

만져보고 싶은데 둥둥 불어가지고 그렇게 돼 있어서
차마 만질 수가 없는 거예요 그게 터질 거 같은 느낌에 그래서 눈물
을 흘리며 아빠가 옆에서 미안하다고 잘못했다고 많이 못 해줘서
미안하다고 울면서 얘기하고 저도 진짜 머리끝부터 발끝까지 한번
다시 만져보고 뽀뽀하고 싶은데 그렇게 못하겠더라구요 차마 그리고 발에
나이키 신발 신었었는데 신발을 안 신고 맨발로 나오고 눈에 딱 처음에 띄더라구요

4/6 그날을 말하다
주현 엄마 김정해 구술 중에서
월하미인 조성숙 쓰

주현 엄마 김정해

만져보고 싶은데 물에 퉁퉁 불어가지고 다 그렇게 돼 있어서 차마 만질 수가 없는 거예요. 그게 터질 거 같은 느낌에. 그래서 눈물을 훔치며 아빠가 옆에서 "미안하다"고, "잘못했다"고, "많이 못 해줘서 미안하다"고 울면서 얘기하고. 저도 진짜 머리끝부터 발끝까지 한 번 다시 만져보고 뽀뽀하고 싶은데 그걸 못 하겠더라고요, 차마. 그리고 발에 나이키 신발 신었었는데 신발을 안 신고 맨발로 나오고, 그게 눈에 딱 처음에 띄더라고요.

『그날을 말하다 : 주현 엄마 김정해』, p.81

진실은 승리한다
4·16 그날을 말하다. 범수 아빠 김권식님 구술에서
조은명 붓
공주

범수 아빠 김권식

범수랑 같이 나왔어요, 핸드폰. 주머니에 넣고 있었나 봐요. 범수가 4월 16일 날 9시 16분에 전화 와갖고 내가 회사에서 통화하고 17분에 끊어졌는데, "아빠 살아서 갈게" 그게 마지막(말)이었어요. 걱정하지 말라는 뜻이었는데 지 뜻은, 그 뒤에 말을 못하고 전화가 바로 끊어졌으니까. 스페어(여분) 공간, 그런 쪽에 같이 애기들 다 집합시켜서 있었는지는 모르겠는데, 하여튼 나오라고 말만 했어도….

…

세상 바뀔 거라 믿고, 바뀌어야 되고, 꼭 더 해주고 싶고, '진실은 승리한다' 그게 신조고, 우리가 항상 구호로 외치지만, 이렇게 마음속에 딱 찍혀버렸어. 그래야 나중에 진실 밝혀지고 저거 하면 같이 연대해 주신 분들 감사하게 생각하고, 활동하면서 진 빚, 우리 사랑하는 애기들, 우리 아들도 이제 복지 쪽으로 이렇게 지가 하니까. 엄마도 요양사 자격증, 제약 회사 다니면서 다 따놓고 그래서, 이제 그런 쪽으로 마음을 갖고 있는데, 행동으로 옮겨야죠.

『그날을 말하다 : 범수 아빠 김권식』, p.55-56, p.68

당연히 해야 된다고
생각했고요
먼저 간 아이들을 위해서도
그것도 있고 아이가
저한테 부탁한 것도 있고
그리고 이제는 뭔가
바뀌어야 된다고 생각했고요
잘은 못하지만 자그마한
도움이라도 되어야 되겠다.

416 그날을 말하다
소희 아빠 박윤수 님 구술에서

조원명 붓.

소희 아빠 박윤수

'당연히 해야 된다'고 생각했고요. 먼저 간 아이들을 위해서도 그것도 있고(그렇고), 아이(소희)가 저한테 부탁한 것도 있고. 그리고 '이제는 뭔가 바뀌어야 된다'고 생각했고요. 전에는 저도 똑같은 일반 시민이었지만 사고를 당하고 나서 '이건 너무 아니다, 진짜. 나라가 너무 엉망이다' 그렇게 보이더라고요. 정치에 관심이 없었어요, 저는. 뉴스도 안 봤으니까요. 이제는 그분들하고 부대끼고 하다 보니까 '야, 이건 나라가 진짜 아닌 것 같다' 그래서 잘은 못 하지만 '자그마한 도움이라도 되어야 겠다' 싶어서 가족협의회를 계속하고 있었던 거고요. 지금도 하고 있고요.

『그날을 말하다 : 소희 아빠 박윤수』, p.249-250

우리아이의
마지막은
최후의순간
어땠을까
그걸상상하면너
무괴로웠※지만그래
도궁금해요애기가
그순간에마지막에
어떻게갔을까그
런지안생각은덜괴
로웠었으면차라리사
고났을때그때바로그렇
게떠났으면그런생각
이들고그냥편안하라그러
면평범할수없는거예전
처럼내가평범한
사람일수없는거에
대한그런거라그리
고처음이야기시작할때이야기했
던것처럼남은인생이인생에있어
그렇게온전히행복한그런날들이있을지
그런생각그런생각하면되게마음이아
프죠어떻게해도우리아이를다시볼수없고그아
이를나에대한그런그리움과지금도여전히그냥그냥생생
해요우리아이를누가기억해주겠어요부모인나와
우리가족이우리아이를기억을해야되잖아요

416 그날을 말하다 영만 엄마 이미경 님 구술에서

조은명 붓.

영만 엄마 이미경

'그 배 안에서 애들이 좀 덜 괴로웠으면' 그런 생각을 하고 있는데, 우리 아이의 마지막 최후의 순간은 어땠을까 그걸 상상하면 너무 괴롭지만 그래도 궁금해요. 애기가 그 순간에 마지막에 어떻게 갔을까. 그렇지만 생각은 덜 괴로웠었으면, 차라리 사고 났을 때 그때 바로 그렇게 떠났으면 그런 생각이 들고.

…

그냥 변화라 그러면, 평범할 수 없는 거? 예전처럼 내가 평범한 사람일 수 없는 거에 대한 그런 거라. 그리고 처음 이야기 시작할 때 이야기했던 것처럼 남은 인생이, 인생에 있어서 그렇게 온전히 행복한 그런 날들이 있을지 그런 생각. 그런 생각하면 되게 마음이 아프죠. 어떻게 해도 우리 아이를 다시 볼 수 없고. 그 아이를, 나에 대한 그런 그리움과, 지금도 여전히 그냥, 그냥 생생해요. 아이가 생생한데도 불구하고…. 근데 왜 애를 생각하면은 저는 미안한 생각만 나는지 모르겠어, 여전히 그냥 아침에 일어나서 밖에 베란다 내다보고 그냥 아침 맞으며 아이하고 이야기 하듯이 이야기하고.

…

우리 아이를 누가 기억해 주겠어요? 부모인 나와, 우리 가족이, 우리 아이를 기억을 해야 되잖아요.

『그날을 말하다 : 영만 엄마 이미경』, p.104-105, p.143-144, p.163

세월호 참사의
진상규명은 우리가
할게 너희들은
이 나라 진짜 안전하고
민주적이고 국민이 진정한
주권자가 되는 그런
대한민국을 만들어라
그게 너희들이 할 일이다

그날을 말하다

건우아빠 김광배님의 구술 중에서

적묵 씀

건우 아빠 김광배

다음 세대들의 몫은 세월호 참사의 진상규명이 아니고요, 안전사회 건설이에요. "세월호 참사의 진상 규명은 우리가 할게. 너희들은 이 나라 진짜 안전하고, 민주적이고, 국민이 진정한 주권자가 되는 그런 대한민국을 만들어라. 그게 너희들이 할 일이다." 간담회 가면 하는 얘기인데(웃음). 동거차도의 일들은 한꺼번에 생각하려니까 다 생각은 안 나는데, 거의 똑같은 생활이 반복이 되지만 항상 다른 마음이었어요.

『그날을 말하다 : 건우 아빠 김광배』, p.245

야구선수를 했으면 좋겠다고 하더라고요 근데 시기가 너무
늦었다는 생각도 들고 그것도 있고 어깨가 아프
다고 해서 그래서 지 하고 싶은 꿈
을 못하게 막았죠 지 하고 싶은 거 다
못 하고 지금 떠난 상
태고 살아 있었으면
자기가 하고 싶은 거
다른 어떤 활동들을 많이 하지 않았을
까 하는 생각을 지금도 하거든요 416
그날을 말하다 준근 아빠
안영진님 구술 중에서 적묵붓

중근 아빠 안영진

야구 선수를 했으면 좋겠다고 그러더라고요. 근데 시기가 너무 늦었다는 생각도 들고, 그것도 있고 어깨를 아프다고 해서 늦은 감도 있고(해서) "어깨 아프니까 치료를 하고 그냥 정상적으로 생활하면서 야구는 그냥 사회 일반 취미 활동으로 했으면 좋겠다" 그렇게 얘기를 했던 거거든요. 그래서 하고 싶은 꿈을 못 하게 막았죠, 막았던 저기고. 그 당시에 제가 회사가 두산으로 바뀌었어요.

지가 하고 싶은 거 다 못하고 지금 떠난 상태고 살아 있었으면 자기가 하고 싶은 거 다른 어떤 활동들을 많이 하지 않았을까 하는 생각을 지금도 하거든요?

『그날을 말하다 : 중근 아빠 안영진』, p.18-19

대한민국이 정말
정의로운 사회로
바뀌었으면 좋겠
어요 거듭나고
이렇게 피해
자들이 2중 3중
으로 피해를 더 입고 그런
고통을 겪지 않는 그런
사회가 됐으
면 좋겠고요

416 그날을 말하다 - 시우 엄마 · 문석연 구술 중에서
최우령 붓

시우 엄마 문석연

대한민국이 정말 정의로운 사회로 바뀌었으면 좋겠어요. 거듭나고, 이렇게 피해자들이 2중, 3중으로 피해를 더 입고, 그런 고통을 겪지 않는 그런 사회가 됐으면 좋겠고요. 그전에 이런 일들이 생기지 않게 모든 게 다 준비가 잘 되면 얼마나 좋을까? 어렵겠지만. 그리고 정말 각자가 각자의 맡은 일을 책임감 있게 잘한다면 이런 일이 생기지 않지 않을까? 네, 그런 바람을 가져 봅니다.

『그날을 말하다 : 시우 엄마 문석연』, p.159

지금까지는 나의 삶을
내 생존을 위해서 살았다면
이제는 시민들과 같이
내 옆의 주민들과 같이
사는 세상에 살고 싶은 거지
예전에는 모른 척해 왔던 것들도
그냥 지나가고 싶지 않은 거죠
아픔이 있으면
같이 나누고 싶은 것이고 내가 받았듯이
나도 해줘야 된다고 생각해요
같이 행동합시다

416 그날을 말하다 예슬아빠 박종범
구술 중에서 최우령 붓

예슬 아빠 박종범

이루고 싶은 거요? 나는 지금 무엇보다… 다 상관없어요, 일단은 세월호의 허물이 벗겨져야 돼요. 그게 최우선이라고 생각해요, 허물이 벗겨져야지, 내가 어떻게 살겠다는 것은 이젠 나도 사회운동을, 사회활동을 해야 될 것 같아. 쉽게 말해서

지금까지는 나의 삶을 내 생존을 위해서 살았다면, 이제는 시민들과 같이, 내 옆에 주민들과 같이 사는 세상에 살고 싶은 거지. 예전에는 모른 척해 왔던 것들도 그냥 지나가고 싶지 않은 거죠. 아픔이 있으면 같이 나누고 싶은 것이고, 내가 받았듯이 나도 해줘야 된다고 생각해요. 이제는 비겁하게 예전처럼 숨고 싶지 않아요. "같이 행동합시다" 얘기해 놓고 우리 세월호 참사가 다 벗겨졌다고 해서 내가 숨어버리면 정말 나쁜 놈이잖아요, 자기 필요할 때만 같이 하자 해놓고 자기 거 다 끝났다고 쏙 숨어버리면 이건 인간의 도리가 아니잖아요. 내가 아는 인간의 도리가 아니지. 더불어 사는 세상, 더불어 가야지.

『그날을 말하다 : 예슬 아빠 박종범』, p.119

두번다시
이런일이
없었으면
좋겠어요

4.16 그날을 말하다
윤희아빠 진광영 구술中
두메 쓰다 두메

윤희 아빠 진광영

어쨌든간에 내 자식 때문에 부모라는 이름이 올라갈 것이고, 내가 죽어서도 남기기 싫었던 내 이름이 올라간 거니까. 피해자 부모라해서… 그거 뭐 어떻게 하고 싶은 뭐, 참 뭔 얘기를 해야 되냐. 그냥 내 대에서 끝내야지. 두 번 다시 이런 일은 없어야 되는 거고, 우리 여기서까지만 끝냈으면 하는 바람. 그냥 못난, 자식 책임지지 못한 부모라고 이름 올라간 것 자체까지…. 두 번 다시 이런 일이 없었으면 쓰겠네요, 다들.

『그날을 말하다 : 윤희 아빠 진광영』, p.171

우린 봄이 오는게 싫어요 그러면 다른
사람들은 봄이 오는데 왜 싫어? 봄에 꽃놀이도 가
고 좋잖아 그래요 우리 마음을 몰라주니까 그런
말이 나는 진짜 싫은 거예요 우리가 제일
힘들어지는 시기가 언제냐면 연도가
바뀌면서 이제 구정이 오는구나 그때부터
힘들어지거든요 엄마들은 몸으로 먼저
와요 아파요 이유 없이 아파 아구
정이 오네 아 명절이 왔네 명절이 오고 나
면 이제 또 봄이네 4월 말 5월 말까지는
힘들어요 그냥 어찌어찌 버텨가요
그러다가 좀 지나면 애 생일이 다가와
힘들어 또 추석이야 명
절에 진혁이랑 전부
치고 했는데 이제 안 해요
왜냐하면 진혁이랑 토닥
토닥거리면서 만들었으
니까 나쁜 좋은 꿈에나
좀 나오지

4.16 그날을 말하다
진혁 엄마 고영희 구술中에서
두메 쓰다

진혁 엄마 고영희

우린 봄이 오는 게 싫어요. 그러면 다른 사람들은 봄이 오는데 왜 싫어? 봄에 꽃놀이도 가고 좋잖아 그래요. 우리 마음을 몰라주니까 그런 말이 나는 진짜 싫은 거예요. 우리가 제일 힘들어지는 시기가 언제냐면 연도가 바뀌면서 이제 구정이 오는구나 그때부터 힘들어지거든요. 엄마들은 몸으로 먼저 와요. 아파요. 이유 없이 아파. 아, 구정이 오네 아 명절이 왔네 명절이 오고 나면 이제 또 봄이네 4월 말 5월 말까지는 힘들어요. 그냥 어찌어찌 버텨가요. 그러다가 좀 지나면 애 생일이 다가와. 힘들어. 또 추석이야. 명절에 진혁이랑 전 부치고 했는데 이제 안 해요. 왜냐하면 진혁이랑 토닥토닥거리면서 만들었으니까. 나쁜 놈 꿈에나 좀 나오지.

『그날을 말하다 : 진혁 엄마 고영희』, p.148-149

느닷없이
이녀석이 확 껴안는
거야 그러면서
아빠 사랑해요
이러더라고 나도 그냥
의미없이
그래 나도 사랑해
그랬지 그게
마지막이야
마지막

416 그날을 말하다
호성아빠 신창식님의 구술 중에서
초아 추연이 씃

호성 아빠 신창식

14일 날 얘기 좀 할까요? 14일 마지막으로 잠깐 이 녀석이, 14일 날… 그때 오후 늦겐데, 집에서 테레비(TV) 보고 있는데 이 녀석이 그러는 거야, 느닷없이. "아빠, 아들내미 집 며칠 비우는데 괜찮아요?" 그러더라고. "인마, 너 놀러 가는 데 아빠도 같이 가고 싶구만." 그랬더니, "아빠, 아들내미가 집을 비우는데 너무 무던하다"고, "아무 표현이 없다"고, "섭섭하다"고 그러더라고. "말 같지도 않은 소리 하고 있어. 놀러 가면서 무슨" 그런 소리를 하다가 이 녀석이 느닷없이, 사내새끼들은 그러잖아요. 사내애들은 몸에 살 닿는 걸 되게 싫어해. 부모가 이렇게 해도 "뭐예요?" 이러는데, 느닷없이 이 녀석이 확 껴안는 거야. 그러면서 "아빠 사랑해요" 이러더라고. 나도 그냥 의미 없이 "그래. 나도 사랑해" 그랬지. 그게 마지막이야. 마지막, 애하고.

『그날을 말하다 : 호성 아빠 신창식』, p.35

내가 어떻게 살면 되지
내가 어떻게 살지 그런
생각에 사로잡히면서
그게 나도 모르게 그런 음성이
들렸다고 생각하는지는
모르지만 애 음성이 엄마
뭐해 엄마 뭐해 그때부터
서서히 내가 이렇게 어리석게
바보같이 살면 안되
겠다라는 생각이 들었어요

416 그날을 말하다
호성 엄마 정부자 님의 구술 중에서

초아 추연이 씀

호성 엄마 정부자

한편으론 애 음성이 자꾸 들렸어요. "엄마 뭐 해?" 근데 그니까 애하고 이런 참사가 일어나기 전에 나는 그냥 나 가정사에, '이 엄마가 참으면 집이 다 편하다'고 나는 생각을 했거든요. 근데 우리 아이는, 호성이는 그걸 되게 답답해했어요. 아빠한테도 그렇고 할머니한테도 그렇고 뭐 하면 "네, 잘못했습니다.", "네, 어머님 미안해요." 애가 봤을 때는 그게 '공평치가 않다'라고 생각을 했던 거 같애요. "엄마는 참 답답해"라는 말을 많이 했어요. 그러면 애한테 그 표현을 나도 모르게, 애가 '엄마는 참 답답하게 왜 저렇게 당할까'라는 생각이 들었을 때(는) 내가 은연중에 그(런) 표정이 있었겠죠. 근데 우리 호성이가 그런 대화를 많이 받아줬기 때문에 호성이한테 푸념 아닌 푸념을 했었을 거 같애요. 가끔가다 "엄마, 말은 똑바로 해야 돼. 엄마가 힘들면 힘들다고 얘기하고, 엄마 무거운 거 들지 마. 그러니까 아빠가 엄마가 다 할 줄 알고 다 맡기잖아". 그런 말을 많이 해줬기 때문에 내가 그 생각에, '내가 어떻게 살면 되지?', '내가 어떻게 살지?' 그런 생각에 사로잡히면서 그게 나도 모르게 그런 음성이 들렸다고 생각하는지는 모르지만, 애 음성이 "엄마 뭐 해? 엄마 뭐 해?" 그때부터 서서히 '내가 이렇게 어리석게 바보같이 살면 안 되겠다'라는 생각이 들었어요.

『그날을 말하다 : 호성 엄마 정부자』, p.83

이 많은 사람들이
똑같은 목소리를
내기 위해서
이렇게 모여준 게
너무 고맙고
힘든 일이잖아요
그 같은 게 그 힘든 게
생각 안 하고 해준 것도
고맙고 그랬죠

416 그날을 말하다.

차웅아빠, 정윤창 구술 중에서

한미숙 붓

차웅 아빠 정윤창

그때 시민들이 많이 참석했구요. 저희가 앞에 있다 보니까 뒤돌아보면 끝이 안 보일 정도로 사람들이 많이 따라왔어요. 그래서 그… 시간이 지나면 지날수록 뒤에 숫자들이 많이 늘어나 가지고, 처음에 시작할 때는 몇 명 안 돼요. 근데 시간이 지나면 계속 늘어나더라구요. 그리고 뒤돌아 보면 끝이 안 보일 정도였으니까. 그때는 참 고마웠죠. 감개가 무량하다고 그래야 되나요?

이 많은 사람들이 똑같은 목소리를 내기 위하여 이렇게 모여준 게 너무 고맙고, 힘든 일이잖아요. 그 걷는 게, 그 힘든 거 생각 안 하고 해준 것도 고맙고 그랬죠.

『그날을 말하다 : 차웅 아빠 정윤창』, p.47

우리 힘으로는
못해
시민단체 분들이
지식인들이
그만큼 나서서 하고
그랬으니까
이만큼 그랬지
우리 힘으론 못해

416 그날을 말하다
혜경 엄마 유인애 님 구술 중에서
허성희 붓

혜경 엄마 유인애

저는 정치적으로 하는 거는 그냥…. 우리가 좀 당하고 농락을 당한다는 그런 느낌…. 그래서 빽하면 지금도 그러잖아요. 그냥 우리 아이들 입에 오르면, 세월호라는 거를 입에 올려서 그럴 때 되게 마음이 아파요. 그래서 나는 가끔은 그런 생각도 해요. "우리 힘으로 했으면 어땠을까?" 가끔 그런 얘기를 아빠한테 해요. "우리 힘으로는 못 해, 시민단체 분들이 그렇게 도와주셨으니깐 지금 이만큼 하고". 그다음에 시민단체뿐만 아니라 교수님처럼, 애기 아빠가 그래요. "지식인들이 그만큼 나서서 하고 그랬으니깐 이만큼 그랬지. 우리 힘으로만은 에휴, 기도 못 편다. 우리 힘으론 못 해" 그래요.

『그날을 말하다 : 혜경 엄마 유인애』, p.180-181

참사 학살 殺人

우리는참사라고하는데심하게표
현하면학살이라고봐진짜면무섭
잖아참사하고학살은살인이거든
四一六그날을말하다

혜원아빠 유영민님구술중에서 許成喜

혜원 아빠 유영민

너무나 많은 진실을 감추고 있잖아요. 어떤 진실을 찾아낼지 겁나요, 이젠. 그 겁이 난다는 게 무섭다기보단, 그 후폭풍이 얼마나 커질지 모르잖아요. 너무나 큰 진실이 숨겨져 있는 것 같아요, 아무리 봐도. 나는 세월호에 배가 사고가 아니라 우리는 참사라고 하는데, 심하게 표현하면 학살이라고 봐. 근데 이게 진짜 학살이면 무섭잖아, 너무 무섭잖아. 어떻게 21세기 나라에서 이런 일이 일어날 수 있어. 근데 우리는 학살이란 표현이 가장 적절할지 몰라. 굳이 용어에 대해 설명 안 해도 될 거 아니야. 사고하고, 참사도 차이가 크지만 참사하고 학살은, 살인이거든, 오히려 학살이라고 생각해야 할 수도 있어.

『그날을 말하다 : 혜원 아빠 유영민』, p.114

기억해주니까
제일 위안이 돼요

그냥 눈앞에서
계속 죽어가는
거를 기다려야
했고 아무것도
내가 할 수 없는
상황이었을 때
그게 가장 힘든
거 같아요 내가
뭔가를 할 수 없
을 때가 제일 힘
든 거 같아요

잊혀진다는 게
제일 두렵고

416 그날을 말하다
성호 엄마 엄소영 님 구술 중에서
홍성옥 붓

성호 엄마 엄소영

그냥 눈앞에서 계속 죽어가는 거를 기다려야했고, 아무것도 내가 할 수 없는 상황이었을 때 그게 제일 힘든 거 같아요. 내가 뭔가를 할 수 없을 때가 제일 힘든 거 같아요.

…

잊혀진다는 게 제일 두렵고, 기억해 주니까 제일 위안이 돼요.

『그날을 말하다 : 성호 엄마 엄소영』, p.132, p.139

평소 다나 성호가
사회문제에 관심
이 많았던 아이고
정의감이 뛰어났던
아이여서 걱정하지

참과 거짓의 싸움

못한 만약에 내가
입장 바꿔서 내가
이런 일을 겪었거나
누군가가 성호랑 아
주 밀접한 관계가
있는 사람이 이런 일
을 겪었다면 성호는
어떻게 살았을까
저는 거기서부터 출
발해서 생각하거든
요 그래서 아파하
거나 추모만 하고 있
을 새가 없었어요

416 그날을 말하다
성호엄마 정혜숙님 구술 중에서
홍성옥 붓

성호 엄마 정혜숙

'참과 거짓의 싸움이다'라고 생각을 해요. 참을 지키려는 사람들과 어쨌든 이것을 기억하지 못하게 하려는 사람들의 싸움이 계속되고 있고, 참을 지키는 사람들이 힘이 너무 미약해서 쉽게 되지 않는 일에는 또 다른 거짓을 만들어내지 않는 힘을 만드는데 미약하기 때문에 좀 더 노력을 많은 사람들이 할 수 있도록 해야 되는데 그 공감이라는 것이….

더군다나 성호가 사회문제에 굉장히 관심이 많았던 아이고 정의감이 뛰어났던 아이어서 걔가 하지 못한, 만약에 내가 입장 바꿔서 '내가 이런 일을 겪었거나 누군가가 성호랑 아주 밀접한 관계가 있는 사람이 이런 일을 겪었다면 성호는 어떻게 살았을까? 저는 거기서부터 출발해서 생각하거든요.

그래서 아파하거나 슬퍼하거나 추모만 하고 있을 새가 없었어요.

『그날을 말하다 : 성호 엄마 정혜숙』, p.18-19

얼마나
엄마 찾으면서
그랬을 텐데
나 편하자고
내 새끼를
안 볼 수는
없었어요

416 그날을 말하다
상준 엄마 강지은 님 구술 중에서
홍혜경 붓

상준 엄마 강지은

면담자 : 어머님도 아이를 직접 보셨나요?

상준 엄마 : 예(한숨을 내쉬며 눈물을 훔침).

면담자 : 그때 아이는 어땠나요?

상준 엄마 : (눈물을 훔치며) 다행이라 그래야 되나, 보통 제가 좀 많이 봤어요, 아이들을. 올라올 때 확인하는…(울음). 상한 데가 없더라고요, 다행히(울음).

면담자 : 아이를 만나고 나서 그때는 여기 고대병원으로 오셨던 건가요?

상준 엄마 : (한숨을 내쉬며 긴 침묵)

면담자 : 힘드시면 잠깐 쉬었다 할까요?

상준 엄마 : 이런 것까지 물어볼 줄 몰랐네(울음). 이거는 아마 평생이 되어도 극복이 안 될 것 같아요, 그걸 뭐라고 표현해야 될지도 모르겠고. 살아 있기만을 바라다가 꺼내 오기만을 바라다가 그것을 기다리다, 기다리다 데려왔는데 (한숨을 내쉬며) 내 자식을 딱 봤을 때 그것을….

면담자 : 아이를 차마 못 보시는 분들도 계실 텐데….

상준 엄마 : 안 볼 수가 없었어요, 내 새끼인데. 얼마나 엄마 찾으면서 그랬을 텐데 나 편하자고 내 새끼를 안 볼 수는 없었어요(울음).

『그날을 말하다 : 상준 엄마 강지은』, p.50-51

그 말을
해주고 싶어요
좋은 곳에
갈 거니까
겁내지 말라고
하고
사랑한다고

416 그날을 말하다

준민 엄마 김혜경님 구술 중에서
밝은솔 황해경 붓

준민 엄마 김혜경

제가 준민이가 이렇게 돌아오지 않을 줄 알았으면, 제가 그날 "사랑한다"고, "겁내지 말라"고. 아, 너무 겁을…. 준민이 겁이 많거든요. 근데 '그날 얼마나 무섭고 겁났을까' 그 생각을 하면 제가 아직도 막 심장이 아파요. 그 말을 해주고 싶어요." "좋은 곳에 갈 거니까 겁내지 말라"고 하고, "사랑한다고"고. 그래 준민이도 저한테 하고 싶은 말 못 한 거 있으면…. 근데 제가 겁이 나가지고 굿을 못 하겠는 거예요. 제가 사실 종교는 없거든요. 그거는 진짜 제가 죽기 전에 한번 꼭 해보고 싶어요, 굿은.

『그날을 말하다 : 준민 엄마 김혜경』, p.52

함께하는 목소리

강민숙　뒤늦은 참여로 급하게 책을 읽으며, 평범한 아이와 엄마에게 일어난 8년의 시간들이 생생하게 다가왔습니다. 자식 잃은 엄마의 슬픔을 그 무엇으로 위로해줄 수 있을까요? 그 마음을 가만히 들여다보는 이번 전시회에 함께할 수 있어서, 조금이라도 그 분들의 마음을 보듬을 수 있어서 제가 더 기쁩니다.

강영미　4 · 16 세월호 참사 특별조사위원회 활동과 2020년 말 대검찰청 세월호 참사 특별수사단이 꾸려져서 진상규명 결과를 기대하기까지…. 지난한 시간 동안 지속적인 활동을 할 수 있었던 원동력이 어디에 있었는지 궁금하던 차에 그분들의 증언을 이제서야 읽어보며 노동운동에 끊임없이 투신하고 계신 부모님들의 노고를 새삼 돌아보게 됩니다. 그 당시의 상황을 소상히 알게 해주는 역사적 사실 증언이 귀중하다는 사실을 깨닫습니다. 한 구절의 말씀을 미욱한 붓으로 담아낼 수 있는 소중한 기회를 주심을 감사한 마음으로 표현해 봅니다. 고맙습니다.

강윤도　존재 자체만으로도 행복이고 희망인 아이들에 대한 그리움, 눈물이 앞을 가려 차마 다 말하지 못한 세상을 향한 섭섭함, 지금을 살아내고 있는 부모가 세상을 향해 가장 하고 싶었던 말씀이 무엇이었을까 생각해 보았습니다. "가만있으라" 해도 "가만있지 않게 가르치겠다"던 다짐도 함께 돌아보고 싶었습니다. 서툰 붓글씨지만 작은 위로가 되었으면 좋겠습니다. "2014년 4월 16일 그날을 잊지 않겠습니다!"

곽미영 그날의 일은 대한민국 국민이고 자녀를 가진 분들이라면 모두 아픔으로 남겨있다고 생각합니다. 저 역시 그랬습니다. 저는 〈4 · 16 8주기 그날을 쓰다〉를 같이 참여하면서 '그동안 내가 느끼고 알고 있는 것들은 정말 아무것도 아니었구나, 유가족의 슬픔과 아픔 억울함은 정말 어찌 표현할 수가 없구나'라는 마음이 들어 너무 마음이 무거웠답니다. 그래도 이렇게 잊히지 않도록 애써주시고 유가족들의 억울함과 진실을 밝히는데 저의 붓글씨가 조금이라도 도움이 될 수 있으면 좋겠습니다.

김광오 8년의 시간이 흘렀음에도 참사의 기억을 떠올리는 데는 여전히 용기가 필요했습니다. 구술 기록을 읽고, 4 · 16기억교실에 앉아 보고, 삶이 곧 용기이자 희망인 유가족들과도 만났습니다. 글씨를 쓰는 동안 저의 마음도 단단해지고 여물어 갔습니다. 이제 진실에 다가가는 시간만이 있기를 바랍니다.

김미정 8년 전 '그날'은 한 엄마의 교육관을 바꿔놓았습니다. 그 엄마의 마음으로 전시에 도전할 수 있었습니다. 100권의 책이 마음길을 열었고, 55인의 붓길이 또 다른 누군가를 깨워 '기억'하고 '행동'하는 마중물이 되기를 간절히 바랍니다.

김미화 부채 의식! 세월호를 떠올리면 항상 갖게 되는 생각입니다. 당연히 구조받고 위로받고 보상받아야 한다고 생각했었는데 저는 세월호를 보면서 각성하게 되었습니다. 세월호를 기억하고자 하는 작은 활동들에 참여도 해보았지만, 세월호 아이들과 그 부모님들에게 어쩐지 미안하기만 합니다. 아마도 많은 사람들의 마음이 같을 것이라고 저는 믿습니다. 이번 전시 참여를 계기로 처음으로 아주 가까이 다가가 두 아이를 보고 그 부모님의 마음을 감히 헤아려보았습니다. 여전히 부채 의식과 미안함은 줄어들지가 않습니다.

김선 4 · 16 그날! 마음속으로 다짐했던 게 하나 있습니다. "가만히 있어라!"는 말을 교단에서 절대 하지 않겠다는 다짐! 그리고 8년이 흘러 다시 반성해봅니다. "가만히 있어라"는 말을 안 하겠다는 다짐만으로는 부족하고, 내가 만나는 아이들을 존엄한 존재로 여기는 교사가 되어야 한다는 생각입니다. 마땅히 그날의 아픔을 기억하고 진상 규명, 책임자 처벌과 재발 방지의 약속이 지켜져야 하며, 〈4 · 16 8

주기 그날을 쓰다〉가 우리가 함께 만들어가는 공동체가 모두에게 안전하고 평화로워지는 데 기여하길 바라봅니다.

김선우　이 행사에 참여하면서 4 · 16 구술 증언록 『그날을 말하다』가 있다는 걸 처음 알았다. 벌써 8주년이 다가오면서 그때를 생각하며 구술 증언록 한 권을 뽑아 읽기 시작했다. 책 마지막 장에 준혁 엄마 전미향 님께서 "어른들 얘기가 있죠. 아픈 손가락이 있다고, 그 아픈 손가락, 제일 아픈 손가락. 그게 우리 아들이죠"라고 말했다. 준혁 어머니가 왜 그런 표현을 사용했는지 더 자세히 알기 위해 '아픈 손가락'의 뜻을 검색해봤다. 아픈 손가락이란 표현은 우리가 많이 들어본 속담에서 나온 말이다. "열 손가락 깨물어 안 아픈 손가락이 없다." 아무리 자식이 많아도 자식이기 때문에 모두 다 소중하다. 손가락은 신체의 일부이며, 그러므로 자신이 낳은 자식은 자신의 손가락과 같은 존재다. 나는 희생된 단원고 학생들과 동갑이다. 그 사건 이후로 모든 수학여행이 취소되었다. 나도 세월호를 탈 예정이었는데 만약 그 사건이 나에게 일어났다면 나의 가족들은 지금 어떻게 살아가고 있을지… 준혁 엄마의 마음과 상황이 만약 우리 엄마였다면… 얼마나 힘든 삶을 살고 있을까…. 정말 정말… 미안하고 마음이 아프다.

김성장　글씨로 4 · 16을 기억할 수 있다는 것, 그림을 그리거나 글을 쓰거나 노래를 하거나 우리가 기억해야 할 것들을 표현할 예술적 도구 가운데 글씨처럼 생활 가까이 있는 게 또 있을까. 이웃의 아픔을 기억하며 나의 아픔도 함께 다독거리는 덤이 따라온다. 붓끝을 모으며 마음을 추스른다.

김수경　작품을 쓰면서 기억하기 위해 애썼던 마음이 힘에 부쳤는지, 사는 게 바빠서인지 단순한 감정 외는 떠오르지 않는 나날을 보내고 있습니다. 글로 무언가를 쓴다는 것이 이렇게 어려운 일이였을까, 머릿속에 낱자들이 뱅글대기만 합니다. 아파 본 사람만이 아픈 마음을 이해할 수 있대서, 아프지 않았던 것처럼 살고 싶었는데, 세월호를 접하면 치유되지 않은 상처의 딱지가 자꾸만 뜯어집니다. 문을 열었다가 깜짝 놀라 급히 문을 닫기를 반복하다, 용기를 내어 또다시 문을 엽니다. 많은 작가들이 같은 마음으로 마음을 모았으니, 올해는 유가족들이 소원하는 일들이 조금씩 이루어지리라 믿습니다.

김승주　이번 전시의 4 · 16 구술 증언록 『그날을 말하다』 100권 중 한 권을 보았습니다. 증언록에서 마주한 마음은 차마 글로 표현하기에는 역부족입니다. 그러나 한 획마다 붓끝에 소망을 담아 보았습니다. 함께 일어서서 나아가기를….

김윤주 세월호 기념 전시 얘기와 동시에 머릿속에 노란 풍선이 들렸습니다. 세월호에 타고 있던 사람들의 고통을 노란 풍선에 싣고 날렸으면 좋겠다는 생각과 우이 신영복 선생님이 생전 아이들 구원을 염원하며 쓴 글씨가 떠올랐습니다. 가족분들의 미래는 희망 가득한 삶으로 채워지길 염원합니다.

김정혜 '그날'을 말하기 위해 되짚었을 아픈 기억들에 좀 더 가까이 가보고 싶었습니다. 먼저 간 아이와 남은 아이를 둔 어머님들의 말씀을 더듬거리며 읽었습니다. 잊지 않을 수 있도록, 좀 더 많은 사람들과 이 마음 나누길 바라며 남루한 솜씨로 붓을 놀려 적어보았습니다.

김효성 우연한 기회에 김성장 선생님을 알게 되었고 붓으로 나와 다른 사람을 위로할 수 있다는 것을 알게 되었습니다. 이번 전시를 하게 되면서 그동안 마음은 있으나 행동하지 않았던 나를 반성하게 되었습니다. 책을 선택하고, 읽고, 그 아이가 나에게로 와서 이제는 나에게도 소중한 아이가 되었습니다, 너무나 소중한 것을 잃어버린 가족의 아픔을 덜어드

릴 수는 없지만, 그 아픔을 같이 아파할 수 있었으면 좋겠습니다.

김희선　세월호…. 책을 받기 전 벌써, 그날 TV 속에서 속수무책 사라져간 아이들의 모습이 기억나서 한참을 먹먹해야 했습니다. 책을 읽으면서 자식을 어처구니없이 잃어야만 했던 엄마들의 절절한 이야기들에 울지 않을 수 없었습니다. 한 글자 한 글자 있는 힘을 다해 썼지만, 나의 노력의 흔적은 보이지 않는 작품에 난 또 울어야만 했네요. 다시 마음을 다잡고 최선을 다하면 뭔가 조금이라도 보이지 않을까, 라고 스스로 위로하며 부족하지만 뜻깊은 세월호 8주기 행사에 참여하는 마음으로 함께 하였습니다.

김희영　코로나 시대를 겪으면서 우리 모두가 안 보이는 끈으로 연결되어있다는 것을 체감하고 있습니다. 누군가 아파하면 함께 아파하고 기쁘면 함께 기뻐해야 하는 것은 어린아이들도 느끼는 인지상정의 감정이기에 이번 참여는 이유 불문하고 당연한 것이었습니다. 우리들의 위로와 공감의 붓길이 모두의 가슴에 작은 희망의 불빛을 비춰 또 다른 희망으로 이어져 나간다면, 그럴 수 있다면 참 좋겠습니다.

남미희　잔인한 4월. 그 아픈 기억은 명확한 이유도 해결도 없이 8년째 지속되고 있고 우리의 기억 속에서 열어져 갑니다. 꽃같이 예쁜 아이들의 희생과 슬픔을 기억하고자 손글씨로 동참합니다. 부디 안전한 사회가 되길 바라며, 잊지 않겠습니다.

류지정 고등학생 딸을 둔 엄마로 세월호의 사건이 나의 사건이었다면 나도 절규했을 감정을 수범 엄마와 지성 엄마의 구술에서 찾을 수 있었습니다. 그 마음을 붓에 모두 담을 수도 없겠지만 '왜 나한테?'라는 원망과 차갑고 깊은 바닷속 어둠과 공포를 부족한 붓길로 표현하였습니다. 잔인한 4월, 이제는 희망의 4월! 그날을 쓰겠습니다….

문명선 붓을 다루는 데는 시간과 정성이 필요하다. 내 맘처럼 움직여지지 않는 붓은 달래주고 어루만져주며 천천히 한 획 한 획 중심을 잡아줘야 한다. 이끌어주는 스승이 있고 함께하는 선생님들이 있어 중심을 잃지 않았다. 증언록을 읽으며 먹먹한 마음을 다잡는다. 실눈 뜨고 회피하며 가늘게 살아남아 있는 죄책감을, 달래주고 어루만져줄 수 없는 아이를 떠나보낸 부모들의 심정으로 붓길을 낸다. 나의 모자란 실력을 보여주는 것이 아닌 기념하고 기록돼 기억하기 위해 참여했다는 것을 잊지 말고 부족한 대로 담대히!

문영미 어느새 8년이란 세월…. 그들과 함께 아파하고 잊지 말자 했던 나의 첫 마음이 어느 순간 흐릿해졌음을 깨달았습니다. 이번 4 · 16 전시를 준비하는 내내 눈물 어린 반성이 내 안에 있었고 그 어느 때보다 정성을 다해 붓끝을 움직였습니다. 우리들의 이 붓길이 하늘나라 그들 그리고 남겨진 가족들과 함께하고 진실을 위한 작은 행동이 될 수 있기를 바라봅니다. 4 · 16 그날을 기억 속에 켜켜이 놓아두겠습니다.

박행화 무엇을 쓰고 싶었을까? 사건과 사고의 차이도 모르던 어리숙한 나에게 4 · 16은 영화보다 더 참혹한 현실이 있다는 것을 알게 했다. 『그날을 말하다』 증언록을 읽으며 비탄과 후회 속에서 살아 있음이 더 고통인 사람들, 암흑 같은 삶을 견뎌내며 '죽지 못해 산다'는 표현이 전부인 사람들을 만났다. 죽기 전에 진실을 밝혀야 하는 숙명으로, 부재의 아픔 속에 절망하고 좌절하면서도, 지리한 일상을 챙겨가며 희망을 일궈나가는 사람들의 이야기를 쓰고 싶었다. 격정의 외침은 겉돌고, 구호는 낡아만 가기에…. 오늘은 초라한 붓길을 내밀며 아무 말 없이 그들의 곁에 있고 싶다.

배숙 2014년 4월 16일 수첩에 적혀 있던 '세월호 침몰'

'당신이 시간의 기억에서 지워지는 날은 단 하루도 없을 것이다' 이 글처럼 8년의 시간이 흘렀어도 기억은 더욱 또렷하고 고통스러운데 진실은 아직도 밝혀지지 않았다는 게 부끄럽고 마음의 돌덩이가 더 무겁게 느껴집니다. 〈4 · 16 8주기 그날을 쓰다〉 전시는 오랫동안 생각만 하던 무거운 숙제를 이제야 하는 마음입니다. 책을 읽으며 아픈 마음을 읽고, 어설픈 글씨에 마음을 담아 써 봅니다. 오랫동안 해오신 선생님들과 함께하기에 용기를 낼 수 있었습니다.

백인석 잊지 않겠습니다! 세월호 관련해서 제일 먼저 떠오르는 말입니다. 하지만 삶에서는 그 일을 떠올릴 때마다 너무 마음이 아프다는 이유로 속으로는 외면해온 것도 사실입니다. 이번 전시를 준비하는 과정에서 방문한 4 · 16기억저장소를 방문하고 많이 부끄러웠습니다. '너무 마음이 아파' 외면하고 싶어 한다는 것이 그분들 앞에 서보니 참으로 부끄러웠습니다. 붓을 들며 다시 다짐해봅니다. 이제는 머리가 아니라 가슴으로, 발로 잊지 않겠다고.

손종만 『그날을 말하다』 100권 중 2권을 읽고 준비하는 내내 가슴에서 치밀어 올라오는 분통함을 주체하기 힘들었다. 세월호 가족들에게 차마 '위로'라는 말을 꺼내놓는 것조차 부끄러운 심정입니다. 슬픔과 아픔의 상처와 풀어내지 못한 비통함으로 얼룩진 '그날을 말하다'가 아닌 기쁨과 환희가 차고 넘치는 '그날을 말하다'가 될 때까지 함께 할 것을 다짐해 봅니다.

송정선　그날을 잊지 않겠다고 다짐했지만 시간과 함께 과거의 어느 한 페이지로 굳혀지려 하는 시점에서, 세월호 부모님들의 이야기를 다시 듣고 읽게 되었습니다. 그 파릇한 아이들을 물에 빠트리고 구하지도 못했으며 진실조차 밝히지 못하고 있는 그 미안한 마음을 담아 붓으로 함께 합니다.

신지우　4 · 16 그날을 잊지 않기 위해 용기 내어 전시에 참여하게 되었습니다. 누군가는 기록하고 누군가는 기억해주고 이렇게 이어지다 보면 세상을 좀 바꿀 수 있다고 생각합니다. 아이들이 조금 더 행복한 세상에서 살 수 있게 어른들이 노력해야겠습니다. 그날을 잊지 않겠습니다.

신현수　이번 전시회는 여느 붓글씨 전시회와 전혀 다르다. 일단, 100권으로 묶여 한울엠플러스에 나온 세월호 희생 학생 부모님들의 4 · 16 구술 증언록을 전시회에 참여하는 50여 명의 작가들이 두 권씩 나누어 읽었다. 그리고 마음에 와닿는 부분을 골라 다양한 서

체로 썼다. 기억저장소, 단원고, 기억교실 등 세월호 관련 장소들을 이미 방문했음은 물론이다. 전시회와 함께 도서출판 '걷는사람'에서 서예 작품을 모은 책도 출판한다고 한다. 내 글씨가 아직 일천하여 전시회에 참가한다는 게 어불성설이고, 그나마 연습량도 태부족이라 부끄러운 실력이지만, 전시회의 의미가 좋아 함께 하기로 했다. 한글 호도 필요해 '어진내'라고 스스로 짓고, 얼떨결에 낙관도 직접 만들어 봤다. 글씨도 글씨지만 부모님들이 구술한, 세월호와 관련하여 그동안 겪은 절통의 증언들이 전시회의 의미를 더해 줄 것이다. 이번 전시회가 우리 모두 평생 절대 잊지 않기로 한 다짐을 다시 한번 상기시키는 전시회가 됐으면 좋겠다.

양은경 8년 전… 4월 16일 그날을 잊지 말고 기억하기 위해 304개의 별에게 다시 빌었다. 용서하지 말라고…. 진실이 밝혀지고, 책임자들이 처벌받을 때까지 세월호 참사를 기억하며 누군가는 계속 움직이고 있다는 것을 알리고, 이런 사건과 아픔이 다신 되풀이되지 않도록 해야 할 것 같아 이번 전시에 참여하게 되었다. 〈4 · 16 8주기 그날을 쓰다〉에 참여하신 모든 분들에게 감사와 응원을 보내며 다영 아빠와 지혜 엄마의 꿈과 희망이 이루어지시길 간절히 소망해봅니다. 의미 있는 전시에 참여할 수 있는 기회를 주셔서 감사합니다.

엄태순 혼자 힘으로는 감당하기 힘든 아픔을 위로하고 공감하려는 따뜻한 마음들이 모이고 그 마음이 행동으로 옮겨지는 붓길에 함께할 수 있어 기쁩니다. 다시 희망을 이야기하는 길이 열리기를 진심으로 바랍니다.

우진영 동거차도 주민들의 구술증언을 접하면서, 참사 수습 기간과 그 후로도 계속된 인연을 통해 세월호 유가족분들의 물리적 쉼터와 마음의 안식처 역할을 해주신 동거차도 주민분들의 속 깊은 배려를 느낄 수 있었고, 정부의 기름유출 피해복구조치의 미흡함과 부당함에도 불구하고 세월호 유가족분들의 아픈 상처를 먼저 헤아리고 지속적인 도움을 주신 주민분들께 감사한 마음도 들었습니다. 정부의 무책임과 리더의 어리석음이 불러온 세월호 참사의 원통함과 비통함은 세월이 흘러도 여전히 가슴을 너무나 아프게 합니다…. 제발 다시는….

유미경 유통기한을 잃어버린 그날의 기억, 문체에 어김없이 드러난 떨림의 구술을 먹으로 꾹꾹 눌러 담았습니다. 이 응축된 기록들이 심연에 가라앉은 세월호의 영혼들에게 위로가 되고 남겨진 자들에겐 의지

와 용기가 되기를 소망합니다. 봄은 희망이라 하지요. 붓길을 통한 이번 연대의 장에 동행하며 4 · 16의 진정한 봄날을 기다립니다.

유미희 먼저 선생님과 필연 회원들 모두 존경합니다. 살면서 이렇게 많은 인원이 한마음으로 가슴 뛰는 일을 한 것은 처음입니다. 책을 읽으면서 부모들은 얼마나 마음이 아팠을까. 내 마음도 이렇게 힘든데…. 앞으로 이런 참사가 생기지 않았으면 좋겠습니다.

윤은화 기억으로 묻어두었던 그날의 아픔을 조심스레 꺼내었습니다. 그날의 영상을 볼 때마다 흘리던 눈물들… 조여지는 가슴…. 이젠 마주해도 괜찮으려나 했지만 8년이 지난 지금은 단원고 아이들 나이 또래의 아이를 키우는 엄마로 더 큰 아픔으로 다가왔습니다. 끝이 없는 모두의 쓰라린 아픔…. 유가족의 일상이 되어버린 아픔에 비교할 수는 없겠지만 용기 내어 가슴으로나마 유가족이 되어 책을 읽고, 붓으로 마주했습니다. 그날을 잊지 않겠습니다.

윤정환 가끔 제주도를 간다. 코로나가 터지고 나서 제주도가 꿈과 사랑의 땅이 되었단다. (뜬금없이 한 번쯤 배를 타고 가볼까 하는 생각을 했다.) 새 직원이 들어왔다. 97년생이란다. 의외로 마주칠 일 많지 않은

MZ세대다. 읽고 쓰기로 한 구술에서, 학생의 여자친구를 건져 올린 다다음 날 학생도 올라왔다는 부분을 읽는다. (학생의 모친은 여자친구가 학생을 불러낸 거 같다고 지나치듯 말을 내쉬었다.) 새삼스럽게도 일상이 있었음을 생각해 본다. 멀찍이서 보면 거대담론에 밀려 잘 들리지 않는 목소리다. 여기 적히지 않은 제각각 모양 대로의 삶도 더 있었으리라 상상해본다. 어쩌면 소박하거나, 반짝이거나, 더럽고 추악할 수도… 하지만 모두가 삶이었겠거니 하는 당연한 생각과, 그 제각각의 모양대로 아쉽고 안타깝다는 생각을 해 본다. 그만두는 직원에게 퇴사하고 뭐 할 거냐고 물었더니, 일단 가족들이랑 제주도 여행부터 가기로 했단다. "아이고, 부럽네요" 하며 웃었다.

이대형 아무리 많은 시간이 흘러도 잊혀질 수 없고, 잊어서도 안 되는 그날. 그날의 아픔을 기록으로 남겨주신 우리들의 엄마, 아빠의 마음을 읽으며, 먼 시간 속에 머물러 있던 그날의 기억을 다시 한번 제 가슴에도 새겨봅니다. 이제라도 작은 붓으로나마 그날의 한 구절을 쓸 수 있음에 감사드리며, 우리 모두 "가만히 있지" 않는 진실의 시간, 희망의 시간으로 나아갔으면 합니다.

이도환 『그날을 말하다』에서 '살아남은 자들의 슬픔'을 읽는 내내 가슴이 아려왔다. 수많은 사실들 속에서 점점 파묻혀 가는 진실, 고야의 개를 퍼뜩 떠올리면서. 그날 사고도 상상할 수 없는 일이었지만, 사고 직후 대응 방식도 상식을 뛰어넘어 결과는 참담, 공포, 침통 그 자체였다. 결국 수백 명의 부모들이 어린 자녀들의 죽음 앞에서 어처구니없이 참척의 아픔을 겪고 있다. 그들의 고통과 그것으로 맺힌 한을 어떻게 말로 다 표현할 수 있었겠는가? 그들이 남긴 아픔을 익숙하지 못한 붓으로 드러내기에는 여전히 부족하지만, 참사 이후 '살아남은 자들의 미안함'에 붓길을 내지 않을 수 없었다.

이미지 그날로부터 8년이 지났지만 아직까지 우리 모두는 마음의 빚이 있습니다. 우리가 잊는다면, 영원히 잊혀질 것을 알기 때문에 잊지 않기 위해 간신히 부여잡고 책을 읽고 글씨를 씁니다. 아르헨티나 낯선 땅에서 만났던 유가족의 구술은 여전히 눈물로 만나게 되는 이야기였습니다. 아직도 왜 구조하지 않았는지 저는 모릅니다. 진실을 알게 되는 날까지 세월호를 잊지 않겠다고 다시 다짐하는 시간이었습니다.

이상필 우리 아이들과 살을 부비고 토닥거리며 살 세상 하나 만들지 못한 나와 너, 우리의 잘못이다. 자유라는 이름으로 돈과 힘을 무한 확대하려는 자들의 그럴듯한 논리로 만들어진 권력과 자본의 포악성이 보여준 사건이 세월호다. 우리가 안전하게 살 세상을 만들고, 제대로 된 민주 세상을 만들고 싶다면 세상 일에 관망보다는 관심, 관심보다는 관점을 만들어 내야 한다. 세상이 제대로 보이고, 그래야 우리의 머슴이라도 제대로 뽑을 수 있다. 땅바닥에 엎드려 큰절로 표를 달라고 구걸하던 자들이 표변해 민주를 배반하고 협박하면서 결국 힘없는 사람이 살 수 없는 세상을 만들어 왔다. 오늘의 노동현장에서는 또다른 세월호가 여전히 침몰하고 있다. 이런 세상을 멈춰내기 위해서라도 세월호의 진짜 주인과 참사 원인을 제대로 밝혀내야 하고, 끝까지 책임을 물어야 한다.

이채경 세월호 참사 8주기가 되었다고 한다. 그러나 그것은 달력의 기록일 뿐 우리에게 '그날'은 여전히 2014년 4월 16일이다. 털썩 주저앉았던 충격도 생생하게 '그날'이고, 억장이 무너지는 분노도 '그날'이다. 물 공포가 심한 나는, 더구나 부모인 나는, 지금도 어떻게 하다가 세월호의 첫음절만 마주쳐도 덜컥 일상이 멈춘다. 잠시지만 형용하기 어려운 공포를 느낀다. 세상에다 말하고 싶다. 사람이라면 그

끔찍한 사고가 인재였다는 엄연한 사실과 어떤 이유로도 타협하면 안 된다. 외면할 수 없어야 한다. 시간은 기억 속에서만 존재한다고 한다. 그러한 정의 앞에서 나는 '그날'을 기억하는 차웅이 엄마, 웅기 엄마다. '가만히 있으라'고 지시했던 저 짐승의 일당들과 글씨 환 획의 힘으로라도 맞서고 싶다. 한 글자 한 글자로 '그날'을 말하고 기억할 것이다.

전경희　전시회 소식을 늦게 접하여 그만큼 준비 기간도 짧았습니다. 두 권의 책을 읽으며, 첫 번째 든 생각은 '미안함'이었습니다. 사건 당시엔 같은 부모의 맘으로 너무 아파했고, 안타까웠으며, 분노가 치밀었던 기억이 있었는데요. 어느새 시간과 함께 이런 기억들이 희석되어졌다는 게 너무도 미안한 마음이 들었습니다. 이번 전시회를 통해 4 · 16 그날을 상기하며 미약하고 부족한 솜씨이지만 세상에 전하고자 하는 메시지들이 잘 전달되기를 바라는 마음으로 참여하게 되었습니다.

전선혜　희미해져 가던 그날의 기억을 이번 전시를 준비하면서 구술증언의 책과 4 · 16기억저장소를 보고 다시금 생생하게 기억하는 계기가 되었습니다. 그 아픔과 슬픔을 조금이라도 같이 나누고자 붓을 들었습니다. 글로 인해 작은 위로나마 전해졌으면 하는 바람이고. 그날을 잊지 않고 기억하겠다는 마음을 가지게 되었습니다.

정상희　신이 인간을 창조할 때 어미라는 걸작품을 만들어 내었다. 그 어미가 동물이든 인간이든 자신의 피와 살을 나누어 새끼라는 분신을 세상에 내어놓고 그 새끼를 위해서 어미는 자신의 목숨도 기꺼이 내어놓는다. 그 귀한 새끼들이 어미들 눈앞에서 서서히 수장되어갔다. 얼마든지 구조될 수 있는 상황에서 내 피 같은 새끼들이 서서히 수장되는 것을 보고 있었다. 새끼들이 얼마나 공포스럽고 고통스러울지 어미들은 온몸으로 안다. 세계 경제력 10위권의 대한민국이 가지고 있던 역량이 이것뿐이었을까. 신속하게 모든 인력 장비 시스템 다 동원했어야 했는데 아이들을 가두어 놓고 무엇을 한 것인가. 이런 사고에 대처하는 최소한의 매뉴얼도 가지고 있지 않았나…. 무능하고 무책임한 관계자들이 아이들의 목숨을 놓고 우왕좌왕하는 동안 생명들은 꺼져가고 있고, 달려온 민간인 자원봉사자들은 왜 움직이지 못하게 했을까…. 정말 궁금하다. 결과에 대하여 어떤 변명을 할 수 있는가. 또 목이 메어와서 생각을 떨치고 싶지만 그래도 기억하고 기억하며 그 큰 억울함과 한을 하늘에서 보고 있을 아이들과 유가족과 함께 조금이라도 나누고 싶다.

정진호 2019년 처음으로 4·16 관련 손글씨를 쓰면서 많이 울었고, 마지막 날 마음 치유 프로그램까지 진행을 했던 기억이 납니다. 그러나 여전히 진실은 물밑에서 올라오지 못하고 있습니다. 『그날을 말하다』 구술책 한 권을 받아서 읽다가 덮기를 수십 번 했습니다. 손글씨를 쓰면서 가슴 에이는 구술문을 피해서 180석을 몰아줘도 아무 일도 못 하는 국회의원들에 대해 그 책임을 묻지 않을 수 없습니다. 진실을 끌어올리는 길만이 상처를 조금이라도 어루만져주는 일이겠지요. 수전증으로 덜덜 떨리는 팔을 붙잡고 이 가슴 아픈 행사에 또 참여합니다.

조성숙 어마무시한 아픔을 겪은 희생자 가족들의 마음을 어찌 글로 마음으로 표현할 수 있을까요. 너무나도 어리석고 아무것도 아는 게 없어 그 어떤 도움도 주지 못한 그때의 나를 반성합니다. 『그날을 말하다』 책을 읽으며 울부짖는 가족들의 모습과 미처 피지도 못하고 처절하게 저버린 학생들의 꽃다운 모습이 가슴이 아파 한 줄 한 줄 읽으며 눈물을 흘렸습니다. 붓으로 한 자 한 자 눌러 쓰며 제 자신이 딸도 되었다가 아들도 되었다가 다시 부모가 되어 또 눈물짓습니다. 아직도 가라앉아 있는 진실이 밝혀질 그날… 반드시 오겠지요?

조원명 그 누구도 감당이 안 되는 슬픔을 직접 겪은 분들의 진실을 가슴으로 읽었습니다. 한 장 한 장 힘겹게 글을 읽었던 만큼 한 자 한 자 진심을 다해 글씨를 썼습니다. 그리움과 아픔과 다짐을 함께 하려고 합니다. 그리고 잊지 않았습니다. 다 기억하겠습니다.

최성길 물속의 물고기가 목마르다 한다고 내 눈 속엔 물들이 살지 않는다는 글을 본 적이 있습니다. 책을 읽으며 물속에 사막이 있다는 사실을 알았습니다. 말하지 못하고 담고 있었을 수많은 말들 그리고 알지 못했던 수많은 진실들…. "觀海難水" 바다를 본 사람은 함부로 물을 논하지 못하듯 어찌 그 마음을 헤아릴 수 있을까만 혼자가 아니라고 말해주고 싶었습니다. 잊혀지는 것이 아니라 무책임한 어른으로서의 채무의식에 쉽게 말하지 못하는 것이라고 힘내시라고 전해주고 싶었습니다.

최우령 글자가 서로 기대어 단단해지듯 글과 글씨로 서로 기대고 손잡고 함께 할 수 있음에 감사합니다. 〈4·16 8주기 그날을 쓰다〉는 그 의미가 더욱 크게 다가옵니다. "나무가 나무에게 말했습니다. 우리 더불어 숲이 되어 지키자. 여럿이 함께 네 손은 내가 잡고 내 손은 네가 잡고. 잊지 않겠습니다" 신영복 선생님의 말씀이 강물 되어 오늘도 제 마음에 흐릅니다.

최훈　〈4 · 16 8주기 그날을 쓰다〉 붓글씨전에 참가하면서, 아이들의 희생을 대가로 8년 동안 우리 사회는 얼마나 변해 왔을까 생각해 보았습니다. 그리 많이 변하진 않은 것 같습니다. 아이들에게 부끄럽습니다. 하지만 멈출 수는 없습니다. 별이 된 아이들이 반짝이며 지켜보고 있으니 말입니다.

추연이　당연히 모두 구조될 줄 알았습니다. 당연히 진상규명이 될 거라고 생각했습니다. 하지만 그날은 우리 모두의 가슴에 멍이 되었습니다. 『그날을 말하다』를 통해 듣는 유가족의 구술은 너무나 익숙한 내 이웃의 이야기여서 다시금 슬퍼졌습니다. 진실을 찾기까지 얼마나 더 긴 시간을 보내야 할지 모르지만 그날의 기억이 흐려지지 않도록, 별이 된 아이들을 잊지 않도록, 함께할 겁니다.

한미숙　세월호 참사에 대한 구술 작업 100권의 책에서 그날의 기억을 다시 꺼내어 전시회를 갖는 것은 여전히 해결되지 않은 우리의 현실에 대한 경계를 위함이 아닐까 합니다. 또한 〈4 · 16 8주기 그날을 쓰다〉 전시가 많은 사람들이 잊지 않았음을 그리고 유가족들에게는 조금이나마 위로가 되었으면 합니다.

허성희 생각이 있는 손, 마음이 있는 손! 55명의 작가가 서로의 손을 잡았다. 우리는 연결되었고 그로 인해 완성되었다! 4 · 16기억저장소를 다녀온 후 내 가방에 있던 세월호 작은 리본을 대형 리본으로 바꾸었다! 곳곳에 행동하는 우리가 있음에 감사하다. 함께 Move On!

홍성옥 세종손글씨연구소에서 신영복 민체를 배웁니다. 어깨동무체라고도 하는, 관계의 소중함 만들어가는 곳이기도 하고요. 잊지 않겠다고 했던 다짐에 먼지가 소복이 쌓였을 때 이번 글씨전은 먼지를 걷어내는 시간이었습니다. 구술집을 읽는 내내 그때의 생생한 울부짖음도 함께 들렸습니다. 사제가 꿈이었던 정의감이 남달랐던 성호가 바라는 세상을 만들어가는 것! 사건의 원인을 모르는 채 8주기를 향해 가는 즈음 글씨전을 준비하며 공감했던 마음이 공명하기를 바랍니다.

홍혜경 인디언들은 진짜 사람이 죽는 것은 그 사람을 기억하는 모든 사람이 죽었을 때라고 믿는다지요. 어쩌면 읽고 쓰는 과정 역시 '4 · 16 그날'을 잊지 않겠다는 다짐이었는지도 모릅니다. 서툰 글씨가 하늘에 닿아 엄마, 아빠들의 아픔이 그들만의 것이 되지 않길 바랍니다.

황해경　그날이 8년 전이네요. 저는 바다를 좋아해 바닷가에 가서 살려고 했었습니다. 그런데 세월호 사건 이후 바다를 무서워하게 되었습니다. 멀어진 바다처럼 세월호 사건도 먼 곳의 일처럼 그냥 안타깝기만 했습니다. 이렇듯 늘 방관자로만 있다가 함께 붓을 들었네요. 제가 갑자기 자식을 떠나보낸 부모의 심정을 어떻게 알까마는 김혜경 님의 아들 준민에게 못다 한 말을 붓으로 쓰며 김혜경 님도 준혁이도 편안하기를 빌었습니다. 붓은 칼보다 강하다지요. 이 기획을 해주시고 애써주시는 분들께 감사합니다. 붓끝에서부터라도 세월호의 진실이 밝혀지기를 두손 모읍니다.

그날을 쓰다

2022년 4월 16일 1판 1쇄 찍음
2022년 4월 16일 1판 1쇄 펴냄

지은이 | 김성장 외
펴낸이 | 김성규

펴낸곳 | 걷는사람
주소 | 서울특별시 마포구 월드컵로16길 51 서교자이빌 304호
전화 | 02-323-2602
팩스 | 02-323-2603
등록 | 2016년 11월 18일 제25100-2016-000083호

ISBN 979-11-92333-04-5 04810
ISBN 979-11-960081-0-9 (세트) 04810

* 이 책은 세월호 참사 유족과 관련자들의 구술증언으로 발행된 『그날을 말하다』(4·16 기억저장소 기획 | 한울엠플러스)를 읽고 손글씨를 더하여 만들어졌습니다. 자세한 본문 내용은 『그날을 말하다』를 통해 확인하실 수 있습니다.